Duong Thu Huong

Liebesgeschichte, vor der Morgendämmerung erzählt

Sonderausgabe für
Der ANDERE Literaturklub
Postfach 100116
D 6000 Frankfurt/M 1
Postfach
CH 8031 Zürich

Duong Thu Huong

Liebesgeschichte, vor der Morgendämmerung erzählt

Übersetzt aus dem Vietnamesischen von Ursula Lies

Die Deutsche Bibliothek – CIP-Einheitsaufnahme

Du'o'ong, Thu'-Hu'o'ng:
Liebesgeschichte, vor der Morgendämmerung erzählt / Duong Thu Huong. Übers. aus dem Vietnames. von Ursula Lies. – Unkel/Rhein; Bad Honnef : Horlemann, 1992
ISBN 3-927905-54-2

Titel der vietnamesischen Originalausgabe:
Chuyen tinh ke truoc luc rang dong

Übersetzt aus dem Vietnamesischen von Ursula Lies.
Die Übersetzung wurde gefördert von der Gesellschaft zur Förderung der Literatur aus Asien, Afrika, Lateinamerika e.V. in Zusammenarbeit mit dem Institut für Auslandsbeziehungen

Umschlagillustration: Ho Dinh Hong
Typographie: Michael Adrian

Gedruckt in Deutschland / Printed in Germany

1

Es war vor 25 Jahren. An einem Herbstabend des Jahres 1958 bat Divisionskommandeur Vu Sinh seine Frau Luu ins Schlafzimmer zu einer Unterredung. Luu, eine hauptamtliche Funktionärin des Kreisfrauenverbandes, ließ sich die Überraschung nicht anmerken, denn gewöhnlich ruft kein Ehemann seine Frau auf diese Art: „Ich hab' mit dir zu reden, Luu. Kein Grund zur Sorge. Komm…"

Mit ernster Miene wartete er, bis sie sich die Hände gewaschen und abgetrocknet hatte, dann betraten beide das Schlafzimmer. Es war eines der fünf Zimmer im Haus der Eltern des Divisionskommandeurs. Vu Sinh war der einzige Sohn und somit Erbe des Anwesens. Das Gebäude war mit großen einheimischen Dachziegeln gedeckt und mit einer breiten Terrasse versehen. Der Hof war mit flachen, eingefaßten Beeten begrenzt, die mit Blumen bepflanzt waren. An den Stirnseiten des Hauses befanden sich jeweils die separaten Schlafräume, die beide eine Verbindung zu den drei mittleren Zimmern hatten. Jedes Schlafzimmer verfügte über ein großes Fenster: durch das eine blickte man auf den Hof, durch das andere auf den dahinterliegenden Garten, dorthin, wo sich die dunkelgrünen Drachenkrallenblumen um einen immergrünen Teebaum wanden, dessen Blätter das ganze Jahr über einen aromatischen Duft verbreiteten. Eines der beiden Zimmer gehörte dem Ehepaar Vu Sinh. Sie hatten im Jahre 1949 geheiratet. Die Feierlichkeiten waren vom „Jugendverband zur Rettung der Heimat" organisiert worden. Nach ihrer Hochzeit arbeiteten Luu und Vu Sinh als hauptamtliche Funktionäre in der Kreisleitung des Jugendverbandes.

Vu Sinh schob die Kissen und Decken vom Kopfende des Bettes beiseite.

„Setz dich hierhin, Luu."

Er selbst öffnete den Pistolengürtel, den er um die Hüfte trug, und hängte ihn an einen Haken. Dann setzte er sich an das andere Ende des Bettes.

„Ich habe mir schon lange vorgenommen, mit dir zu reden …"

Die Frau betrachtete ihren Mann. Sie sah weder Freude noch Trauer in seinen Augen. Sein Gesichtsausdruck bestand aus der verschwiegenen, nicht immer durchschaubaren Miene, die sie seit Jahren kannte.

Vu Sinh stand auf, ging in den Raum mit dem Ahnenaltar und holte von dort Tassen, eine Teebüchse und die Thermosflasche mit heißem Wasser. Er stellte alles auf ein Tablett und brachte es ins Zimmer. Dann brühte er Tee, wartete, bis die Teeblätter das Wasser aufgesogen hatten, goß seiner Frau und sich eine Tasse davon ein und sprach weiter:

„Was hältst du eigentlich von unserer Ehe?"

Seine dunkle Stimme hörte sich keineswegs aufgeregt an, als er die Frage stellte. Auch eine Antwort schien er nicht zu erwarten. Vielmehr klang die Frage wie ein trauriges Echo aus der Tiefe der Erinnerung. Luu verstand nicht, was ihr Mann sagen wollte.

Sie fragte:

„Was hast du gesagt?"

Vu Sinh versuchte es erneut:

„Hast du je darüber nachgedacht, ob wir wirklich ein Ehepaar sind?"

Die Frau starrte ihn mit weitgeöffneten Augen an. Sie dachte, er sei verrückt geworden, geistig verwirrt, wie man so schön sagt. Oder er hatte Fieber, das ihn nach und nach wahnsinnig werden ließ. Luu stand auf und versuchte, ihre Hand auf seine Stirn zu legen. Doch Vu Sinh wehrte sie ab und lachte:

„Keine Angst Luu, ich bin nicht krank. Glaubst du, ich würde ein sechmonatiges Trainingsprogramm mit den Gefreiten meiner Schule durchhalten, wenn ich krank wäre? Ich will lediglich mit dir reden, offen und ehrlich."

Er sah Luu mit weitgeöffneten Augen an, verständig und nachdenklich zugleich. Das waren nicht die Augen eines Irren oder eines im Wahn Phantasierenden. Bestürzt schob Luu ihre Hände unter den Pullover und setzte sich wieder auf das Bett.

Der Offizier Vu Sinh fuhr mit sanfter Stimme fort:

„Vielleicht hast du noch nicht bemerkt, daß zwischen dir und mir seit langem nichts..."

Plötzlich spürte die Frau Röte im Gesicht, am Hals bis zu den Händen. Mit jeder Sekunde wurde das Rot glühender und ihr im tiefsten Inneren verborgenes Schamgefühl verwandelte sich in Wut und Haß. Für einen kurzen Moment warf sie ihrem Mann einen bösen Blick zu, stand auf und ging.

Seit mehr als einem halben Jahr hatte er sie nicht mehr in die Arme genommen, von Liebe gar nicht zu reden. Früher, als seine Einheit zwölf Kilometer von seinem Wohnort stationiert war, kam er regelmäßig alle vierzehn Tage nach Hause. Immer dann, wenn er weder zu einer Feier geladen war, noch Freunde oder Verwandte besuchte, und wenn auch sie sich gut fühlte, nahm er sie noch auf die Schnelle am Abend vor seiner Abfahrt... Aber seit sechs Monaten war ihr Mann zunehmend reserviert, drückte und küßte lediglich seine beiden Kinder, setzte sich auf sein Fahrrad und fuhr den ganzen Tag spazieren. Erst spät in der Nacht kehrte er von seinen Ausflügen zurück. Dann lag Luu, die kleine Tochter im Arm, längst im Bett und wartete. Wenn er ins Zimmer kam, stellte sie sich schlafend. Ihr Mann schloß leise die Tür, hob das Moskitonetz hoch und stieg vorsichtig ins Bett. Er kletterte geschickt über die Füße seiner Frau, um sie nicht zu berühren. Dann legte er sich hin und schlief fast jedes Mal gleich ein. Manchmal lag er aber auch noch längere Zeit mit offenen Augen im Bett. Das spürte Luu und sie hörte ihn auch atmen. Etwa eine Stunde später war er dann eingeschlafen und schnarchte leise. Und sie, sie wälzte sich hin und her, bis sie schließlich um drei Uhr morgens den Hahn krähen hörte. Zuerst glaubte sie, er sei übermüdet und abgekämpft durch das harte Training an der Unteroffiziersschule. Dazu kamen die ziemlich ausgedehnten feuchtfröhlichen Abende, zu denen er von einigen Verwandten immer wieder eingeladen wurde. Später dachte sie, daß er irgendeine Frau habe oder ein appetitliches junges Mädchen in der Kaserne. Ihre Eifersucht entflammte sich wie ein Brand. Aber als Funktionärin des Frauenverbandes gehörte sie zu denjenigen, die sich eher einfach und gelassen zeigten, die bereit waren, Opfer auf sich zu nehmen. So wagte sie es nicht, vorschnell und leichtsinnig zu reagieren. Sie entschloß sich, zunächst mit ihrer Freundin Hong Tham zu sprechen, der Vorsitzenden des Kreisfrauenverbandes, die sie schon seit ihrer Kindheit kannte. Hong Tham berief sofort eine Versammlung aller hauptamtlichen Mitarbeiterinnen ein, legte die Sache dar und forderte die Frauen auf, Erkundungen einzuziehen, um das Glück ihrer Freundin zu verteidigen.

Obwohl die Funktionäre des Frauenverbandes ihr Netz über das gesamte Gebiet auswarfen, vor allem am Arbeitsort Vu Sinhs, obwohl sie doppelt und dreifach jedes Detail und jede Andeutung einer Vermutung beleuchteten und untersuchten, fanden sie nicht die Spur eines Verdachtes. Vu Sinh hatte keine heimlichen Verabredungen mit einem jungen Mädchen. Er war absolut unschuldig. Luu blieb nichts anderes übrig, als zu schweigen und abzuwarten.

Dennoch war sie von einer inneren Unruhe ergriffen und sich selbst nicht im klaren, ob ihr Mann mit seinem unergründbaren Gemütszustand daran schuld war oder ob sie ihn einfach haßte. Einige Zeit später fragte sie ihn: „Mache ich denn irgend etwas falsch?"

Aber auf ihre Frage, die sie mit zitternder Stimme und unruhigen Augen gestellt hatte, schüttelte er nur den Kopf und antwortete:

„Nein."

Nach dieser Antwort wagte sie nicht weitere Fragen zu stellen. Die Scham, die tief in der Seele verwurzelt war, hielt sie davon ab.

Ihre Ehe lief so weiter, wie sie bis zu dem Tag gelaufen war, als ihr Mann die außergewöhnlich ernste Frage gestellt hatte...

Kommandeur Vu Sinh spürte den immer stärker werdenden Haß in den Augen seiner Frau. Er nahm ihre Hand:

„Hör auf, mich zu hassen... Ich weiß, daß du leidest. Aber ich kann einfach nicht..."

Er zögerte, hielt einen Moment inne, und sprach dann weiter:

„Ich kann nun einmal nicht... Warum, weiß ich auch nicht... Vielleicht, weil keine Liebe mehr zwischen uns ist..."

Er senkte den Kopf. Seine Haare fielen über die Stirn. Die naturgewellten Strähnen waren so dick wie Bambusfasern. Luu betrachtete die vertrauten und zugleich fremden Haare ihres Mannes:

‚Keine Liebe mehr zwischen uns? ... Was sagt er da? ... Von welcher Liebe spricht er?'

Damals gehörten sie beide einer der acht Jugendgruppen des Kreisverbandes an. Sie trafen sich oft auf Versammlungen. Einmal waren sie gemeinsam in einer Gruppe Jugendlicher des Arbeitsdienstes, die den Auftrag erhalten hatte, Lebensmittel an die Front zu transportieren. Auf dem Weg dorthin überraschte sie ein kräftiger Platzregen. Mit Regenmänteln und Planen deckten sie in aller Eile den Reis ab und schoben mit ganzer Kraft die schwerbeladenen Transportfahrräder zu den Armeeunterkünften. Alle waren bis auf die Haut durchnäßt. Ein Junge trug spontan einen Sprechgesang vor:

„Der Regen hat unsere Hemden und Hosen durchnäßt, aber was macht das schon, die Moral des Arbeitsdienstes wird durch nichts erschüttert. O ho, O ho ...“

Die ganze Gruppe stimmte in den Refrain ein. Das Singen der jungen Leute hörte sich so fröhlich an, als befänden sie sich auf einer Pilgerfahrt, obwohl ihr Gesang vom platschenden Regen begleitet wurde. In der Nähe der Unterkünfte entzündeten sie ein Lagerfeuer.

Während sie versuchten, am Feuer ihre Sachen zu trocknen, hänselten und neckten sie sich. Wieder fing jemand zu singen an:

„Ich flehe den Himmel an, wieder sein klares Blau zu zeigen, damit die flammroten Blumen blühen und damit du mich am Ende nimmst...“

In diesem Moment saß Luu genau gegenüber von Vu Sinh. Sie wußte nicht warum, aber sie schaute zu ihm hinüber und bemerkte, daß auch er sie ansah. Sie wurden beide rot. Der Sänger glaubte, die Verlegenheit in den Gesichtern der beiden beziehe sich auf seinen Zweizeiler und rief begeistert:

„He, he, jetzt hab' ich euch erwischt! Ihr seid erwischt. Ha, ha, ha... So wie die Apfelsine die Mandarine beschützt, damit der Sturm sie nicht herunterreißt, so werde ich dir verfallen...“

So sang er, scherzte und klatschte in die Hände. Vu Sinh und Luu, knallrot bis zu den Ohren, waren den Hänseleien und Scherzen, die nun aus der ganzen Runde kamen und immer eindeutiger wurden, erlegen.

„Hört zu, Freunde...! Wir sehen, daß die kleine Luu Vu Sinh schon verfallen ist. Es wird Zeit, die Handtücher für ihre Hochzeit zu besticken..."

Als sie wieder zu Hause waren, verbreiteten einige Mädchen des Arbeitsdienstes das Gerücht gleich im ganzen Ort. Und es dauerte nicht lange, bis man sich die Geschichte auch in der Kreisleitung des Jugendverbandes erzählte. So war es nicht verwunderlich, daß die Liebe zwischen Luu und Vu Sinh zum Thema einer Versammlung der Funktionäre wurde. Anschließend bat der verantwortliche Sekretär die beiden jungen Leute zu sich.

„Seit wann liebt ihr euch und warum habt ihr das dem Jugendverband nicht mitgeteilt?"

Luu und Vu Sinh stottern beide gleichzeitig:

„Lieber Genosse, ich weiß nicht ... ich..."

Denn die Wahrheit war, daß sie selbst nicht wußten, seit wann sie sich liebten. Nachdem die Gruppe des Arbeitsdienstes wieder zurück war, bekamen beide immer rote Köpfe, wenn sie einander begegneten, aus Verlegenheit, weil sie einander mochten. Dieses Gefühl unter jungen Leuten war sehr schwer zu erklären. Es war eine Art von Schwindelgefühl, das jemanden überfällt, der noch nie Alkohol getrunken hat und der den ersten Schluck mit ein bißchen Honig vermischt, um sich langsam daran zu gewöhnen.

„Lieber Genosse, ich weiß nicht...", setzte Vu Sinh zum zweiten Mal an.

Plötzlich erfaßte ihn ein unbestimmtes Angstgefühl, das ziemlich schwer auf sein Herz drückte und ihn verwirrt und unschlüssig machte.

Der Sekretär sah Vu Sinh mit gutmütigen, ja liebevollen Augen an:

„Aber Genossen, bleibt ganz ruhig. Obwohl der Kampf gegen den

Feind immer noch mit ganzer Kraft geführt werden muß, hat die Jugendorganisation dennoch die Pflicht, sich um das Glück ihrer Mitglieder zu sorgen. Ihr braucht nichts zu befürchten, hinter uns steht die Kraft des Kollektivs. Wir können jedes Problem zufriedenstellend lösen…"

Vu Sinh stand auf und kratzte sich nervös am Ohr.

„Gestatten Sie, Genosse, aber ich habe mich noch nicht entschieden für …"

Der Funktionär nahm ihm die Hand vom Ohr:

„Ich verstehe, ich verstehe… Macht euch darüber keine Sorgen, Genossen."

Luu saß da und schwieg. Sie war ebenso unschlüssig wie Vu Sinh. Tatsächlich gefiel er ihr. Möglich, daß es an dem besagten Abend beim Arbeitsdienst angefangen hatte: damals, als die Flammen des Lagerfeuers aufloderten, als die Fröhlichkeit auf den Gesichtern alle einander näher brachte, als die Wangen von der Hitze des Feuers gerötet waren und die Augen im Feuerschein funkelten. Aber vielleicht auch nur, weil sie ein Mädchen im heiratsfähigen Alter war und er ein kluger, gutaussehender junger Mann… Eigentlich kannte sie Vu Sinh gar nicht. Sie wohnte in einem abgelegenen Dorf, er dagegen in der Kreisstadt. Dann wußte sie noch, daß sein Vater Heilkräuter zu Arzneimitteln zusammenstellte und seine Mutter zu Hause die Gartenarbeit erledigte und einen kleinen Verkaufsstand betrieb… Seine Familie besaß ein sehr schönes und geräumiges Haus im Unterschied zu dem ihrer Eltern, das mit Stroh gedeckt war und aus Bambuspfeilern und -balken bestand… Außer diesen wenigen Informationen wußte Luu nichts über ihn.

Deshalb wußte sie auch nicht, was sie dem Sekretär des Jugendverbandes sagen sollte. Ihre Vorstellungen waren völlig unklar. Im übrigen war sie gerade achtzehn Jahre alt. Sie hatte bis dahin noch nicht einmal die Hand eines Jungen berührt, geschweige denn eine heimliche Liebe gehabt. Außer ihrer hauptamtlichen Arbeit im Jugendverband bestand ihre einzige Freude darin, ihre Eltern und ihre jüngeren Geschwister zu Hause zu besuchen. Dort half sie ab und an beim Setzen der Reispflanzen, holte die Jüngsten vom Büffelhüten oder vom Schneckenfangen aus den Tümpeln am Rande der Reisfelder heim oder brachte ihnen frisch gekochte, noch dampfende Bataten, oder sie saß im Haus und kümmerte sich liebevoll um die Mutter. Sie fuhr durch ihre grauen Haare, fing die Kopfläuse...

Als sie vom Arbeitsdienst zurück war, hatte sie nun noch eine weitere Freude: sie wartete darauf, Vu Sinh wiederzusehen. Allerdings war sie unsicher. Sie mochte ihn, hatte aber gleichzeitig ein wenig Angst vor ihm. Er sah nicht nur besser aus als sie, er hatte auch die Möglichkeit, sich eleganter zu kleiden. Er verstand es, sich nach städtischer Manier die Haare zu frisieren. Wohl war er auch klüger als sie, denn er kannte die Versromane des 19. Jahrhunderts „Die Pflaumenbäume sind wieder erblüht“, „Das Mädchen Kieu“...

„Ich bitte euch nur, eure revolutionäre Aufgabe zu erfüllen, Genossen. Bei allen anderen Dingen wird euch der Jugendverband nach Kräften unterstützen.“

Damit beendete der verantwortliche Sekretär das Gespräch und ging eilig aus dem Zimmer, um die jungen Leute noch einen Moment allein zu lassen.

„Genosse...!“

Vu Sinh stürzte ihm nach und hielt ihn am Arm fest. Aber der Funktionär lächelte nur und schob die Hand Vu Sinhs sanft zur Seite. Er war sich ziemlich sicher, daß ihn Vu Sinh nur aus Verlegenheit aufgehalten hatte, eine natürliche Reaktion bei so jung Verliebten.

Nachdem der Sekretär gegangen war, kehrte Vu Sinh in das Zimmer zurück. Er war völlig verwirrt.

Luu saß immer noch am Tisch, an derselben Stelle. Sie tauchte den Zeigefinger ihrer rechten Hand in die vor ihr stehende Teetasse und versuchte, möglichst regelmäßige Kreise auf den Tisch zu malen. Einen nach dem anderen. Aber sie war zu ungeschickt, so daß anstelle schöner Formen nur Kritzeleien zu sehen waren. Schließlich hob sie ihre Augen und sah Vu Sinh an.

Er fragte:

„Was denkst du, Luu?"

Das junge Mädchen nuschelte:

„Ich denke, daß … daß es nicht schlecht ist, wie …"

Vu Sinh schwieg und wartete. Jetzt war sie es, die ihn fragte:

„Und was denkst du?"

Er war in Gedanken versunken. Plötzlich drehte er seinen Kopf und sah sie an, als wäre er aus einem Traum erwacht. Dann antwortete er mit ziemlich verwirrter Stimme:

„Ich? … Ich denke…, daß sich der Jugendverband so um uns kümmert … finde ich sehr gut…"

Dann wurde er knallrot im Gesicht und sah nach unten.

In diesem Moment kam eine Gruppe schubsender und lachender Schulkinder vorbei und blieb vor dem Fenster stehen. Es schien, als machten sie sich über die beiden jungen Leute lustig. Eilig und verschämt liefen sie aus dem Haus, jeder in eine andere Richtung, ohne noch ein Wort gewechselt, geschweige denn eine Verabredung getroffen zu haben. Im verwaisten Zimmer blieben drei Tassen mit kaltem Tee zurück und einige Kritzeleien auf dem Tisch. Kreise, die trotz großer Anstrengungen nicht rund geworden waren…

Neun Jahre waren vergangen. Inzwischen hatte sich viel ereignet: Zunächst die Hochzeit, die vom Kommunistischen Jugendverband mit großer Begeisterung organisiert worden war. Dann das Leben unter den schwierigen Kriegsbedingungen, und schließlich die Geburt eines Sohnes und einer Tochter. Die Heirat hatte sie zu einer festen Verbindung zusammengefügt. Aber in ihrem Inneren waren sie wie zwei Pferde in einem Gespann, die immer gemeinsam nebeneinander laufen, deren Spuren sich jedoch niemals kreuzen.

Und je länger sie miteinander lebten, um so mehr entfernten sie sich voneinander.

Der, dem es zuerst bewußt wurde, war Vu Sinh.

Ein Jahr nach ihrer Hochzeit, als Luu im zweiten Monat schwanger war, hatte Vu Sinh etwas im Nachbarkreis zu erledigen.

Es war schon später Nachmittag geworden, die Dämmerung brach bereits an, und er wäre nicht mehr vor dem Dunkelwerden nach Hause gekommen. So entschloß er sich, bei einem Bekannten zu übernachten.

Der Mann war Schmied und seit drei Jahren verheiratet. Das Ehepaar war außerordentlich freundlich und hilfsbereit. Es lud seinen Gast sofort zum Abendessen ein. Die Hausfrau stellte dampfenden Reis von der neuen Ernte, gebratenes Schweinefleisch und gedünsteten Kohl auf den Tisch. Dazu eine Portion Klebreis, den sie gar briet, so wie Klebreiskuchen zum Tet-Fest. Diese Leckerei servierte sie ihrem Mann und Vu Sinh als Nachspeise.

„Fühlen Sie sich wie zu Hause, großer Bruder. Zögern Sie nicht, greifen Sie zu, sonst sind alle Schüsseln leer, ehe Sie sich versehen haben. Mein Mann ist ein sehr anspruchsvoller und guter Esser... Er ißt mindestens zwei Bo Reis pro Mahlzeit, erst dann ist er satt und zufrieden..."

Mit der Aufforderung an den Gast wollte die junge Frau gleichzeitig ihren Mann ein wenig necken. Dem Mann gefiel die liebevolle Anspielung. Er kniff seine Augen zusammen, lächelte und erwiderte pfiffig:

„Wie kommst du denn darauf? Ich esse doch nicht zwei Bo Reis, sondern gerade mal 800 Gramm ! Oder...?"

Ein Bo machte genau 400 Gramm Reis aus, das wußte Vu Sinh. Er lachte.

Nach dem Essen stellte die Frau noch einen Topf mit Bataten auf den Herd. Ungefähr eine halbe Stunde später drang der Geruch von leicht angebrannten Süßkartoffeln durch das kleine Drei-Zimmer-Haus. Der Mann rieb sich die Hände.

„Nun möchten wir Sie noch zum Batatenessen einladen, großer Bruder. Unsere Ahnen hatten schon recht, wenn sie sagten, daß man ‚vom Reis essen nur dann satt wird, wenn man keine Bataten mehr hat'!"

Daraufhin zog er Vu Sinh zum Herd hinüber, nahm den Deckel vom Topf, warf ihn zur Seite und ließ den Dampf entweichen. Dann holte er mit der Hand für jeden eine heiße Knolle heraus und schnappte vor Schmerz nach Luft, nachdem er hineingebissen hatte. Er bepustete seine Fingerkuppen. Die Frau, gerade fertig mit dem Abwasch, sah ihren geliebten Mann vorwurfsvoll an:

„So ein Unsinn! Faß mit den Fingern an dein Ohrläppchen, damit der Schmerz nachläßt."

Der junge Mann kniff wieder seine Augen zusammen und lächelte. Gehorsam hielt er beide Hände an die Ohrmuscheln. Draußen heulte der Nordwind. Aber was konnte er schon ausrichten gegen das herzhafte und glückliche Lachen einer jungen Frau, das plötzlich lauthals aus ihr herausbrach.

Vu Sinh aß schweigend seine Bataten.

„Schmecken Sie ihnen, großer Bruder? Die Bataten aus dieser Gegend sind von besonders guter Qualität."

Vu Sinh nickte.

„Ausgezeichnet!"

Dennoch empfand er keinen Unterschied zu gewöhnlichen Bataten. Vielmehr beeindruckte ihn die Lebensart dieses jungen Paares, ihr herzlicher Umgang. Luu und er hatten bisher noch niemals solche entspannten Stunden miteinander verbracht, wie er sie hier erlebt hatte. Nicht ein einziges Mal hatte er Luu so leidenschaftlich und zufrieden angesehen, wie dieser Schmied seine Frau. Und noch nie hatte Luu ihm gegenüber eine so glühende Leidenschaft offenbart, wie diese wohlgenährte Frau ihrem Mann entgegenbrachte.

Als sich ihre Unterhaltung langsam dem Ende näherte, war der Herd schon fast erkaltet. Draußen blies der Wind noch stärker als vorher.

„Schlafenszeit!", sagte der Schmied kurz und knapp, stand auf und streckte sich.

Er wartete, bis Vu Sinh sein Moskitonetz befestigt, sich hingelegt und die Decke über den Kopf gezogen hatte, dann löschte er das Licht. Seine junge Frau war bereits im Schlafraum und hatte Decken, Matten und Kissen bereitgelegt. Als er kam, legten sie sich schlafen. Aber es war nur ein kurzer Augenblick der Ruhe, und sie begannen sich geräuschvoll zu necken, lachten leise und kullerten sich hin und her. Kurz danach mahnte die Frau:

„Nicht so laut! Du weckst noch den Jugendfunktionär auf! Hör auf, mich so zu zwicken! Er hört draußen alles und wird sich noch beschweren über unser Gegacker?"

Aber es dauerte nicht lange und auch die junge Frau dachte nicht mehr an den Gast. Vielleicht nahm sie an, daß er von der Arbeit und dem langen Weg übermüdet und deshalb schon längst in tiefem Schlaf versunken sei. Und so unterhielt sich das junge Paar ganz ungezwungen, neckte und liebkoste sich wie jede Nacht.

Vu Sinh konnte nicht schlafen. Er hörte jedes Wort. Jede Bewegung des Paares konnte er nachvollziehen. Da war der junge Schmied, der mit seinem Gesicht in die langen Haare seiner Frau eindrang und ihren Duft tief einatmete, mit einer Hingabe, wie es sonst nur Kinder tun, wenn sie mit geschlossenen Augen an köstlichen gerösteten Klebreis denken. Immer wieder und wieder berauschte er sich an ihren Körpergerüchen und verglich sie mit dem reinen Duft eines Pampelmusenblattes und dem kräftig aromatischen Geruch frischer Borke. Sie sog leidenschaftlich den Schweißgeruch aus seinem Nacken ein, der sich vom täglichen Ziehen des Schmiedebalges festgesetzt hatte. Er fand in ihrem Nacken den Geruch der Anstregungen des Tages, und er liebte sie dafür. Die junge Frau schob ihren Mann ein wenig zur Seite, dann zog sie ihn wieder dicht zu sich heran, kitzelte ihn unter den Achselhöhlen, bis er einen Schluckauf bekam und sich schließlich vor Lachen nicht mehr halten konnte...

Vu Sinh konnte keinen klaren Gedanken mehr fassen. Noch niemals zuvor hatte er einer derartigen Szene als Zeuge beigewohnt. Erst jetzt begann er zu begreifen, was es wirklich hieß, sich zu lieben, ein gemeinsames Leben voller Leidenschaft zu führen. Ähnlich wie jemand, der sein ganzes Leben in den Bergen verbracht hatte und nun zum ersten Mal das Meer sah, war er vollkommen fassungslos vom gewaltigen Wellenschlag und der Unendlichkeit des Horizontes...

Am nächsten Tag nahm er die Fähre und erledigte seine Arbeit in der Kreisstadt. Als er am Abend wieder nach Hause fuhr, überfiel ihn eine eisige Gleichgültigkeit im Herzen. Arme und Beine schienen kraftlos zu sein. Zu diesem Zeitpunkt war ihm seine ganze Tragödie noch nicht voll bewußt, aber er erahnte bereits das Unglück, das über ihn hereinbrechen würde. Gewiß, bis dahin hatte er Luu nicht wirklich geliebt, hatte sich niemals in Leidenschaft nach ihr verzehrt. Aber er war sich dieser Tatsache auch nie bewußt geworden. Deshalb lief ihr bisheriges gemeinsames Leben zwar ruhig, doch sehr eintönig und fade ab. Jetzt, wo ihm seine Situation immer klarer wurde, veränderte er sich zunehmend.

Im Jahr darauf, als ihr Sohn fünf Monate alt war, meldete sich Vu Sinh freiwillig zur Volksarmee. Er wurde sofort zum Zugführer ernannt und mit seiner Einheit im Gebiet Thai Nguyen stationiert. Vom Tage seines Eintritts in die Armee bis zur Unterzeichnung der

Genfer Abkommen, als alle fünf Stadttore für den überwältigenden Empfang der siegreichen Soldaten geöffnet wurden, war er nicht ein einziges Mal nach Hause gefahren.

Während dieser Zeit bezog die Einheit Vu Sinhs in einem Dorf der Weißen Thai Quartier. Der Hauseigentümer, bei dem Vu Sinh wohnte, war ein alter Mann. Er hatte zwei Töchter. Die ältere war im Dienst des Verwaltungsleiters der Berggebiete, während sich die jüngere für den zivilen Arbeitsdienst gemeldet hatte und die Widerstandskämpfer mit Lebensmitteln versorgte. Der alte Mann trank Alkohol wie Wasser und hatte ein großartiges Talent, Geschichten zu erzählen. Als sich die Einheit aus diesem Gebiet zurückzog, begleitete sie der Alte noch über den nächsten Berg. Gerade in dem Moment, als sie sich verabschieden wollten, streckte der Alte plötzlich seinen Arm aus, zeigte aufgeregt auf den vor ihnen liegenden Berggipfel und rief:

„Da, seht doch…, da ist meine Jüngste! Sie ist wieder da!“

Erst einen Augenblick später erkannte Vu Sinh das junge Mädchen, das auf dem sich schlängelnden Bergpfad direkt auf sie zukam. Ein außergewöhnlich zauberhaftes Geschöpf, graziös im Gang, mit einem knöchellangen Rock und einer weißen Bluse bekleidet. Mal sichtbar, mal unsichtbar, einer Fee ähnlich, schritt sie im Schein der Nachmittagssonne durch das Grün der scheinbar endlosen Bergkette. Vu Sinh war wie gelähmt. Er hörte nicht, wie sich der Leiter der Einheit ein letztes Mal von dem alten Mann verabschiedete.

Erst als er die Soldaten zur Eile drängte, kam Vu Sinh wieder zur Besinnung. Sie benutzten den gleichen sich schlängelnden Bergpfad, auf dem ihnen die junge Thai entgegenkam. Niemand sprach ein Wort, alle Soldaten, Vu Sinh eingeschlossen, lauerten nur auf den Moment, wo sie dem schönen Geschöpf gegenüberstehen würden. Vielleicht war es Vu Sinh, der am meisten fieberte. Obwohl er keine schwere Last zu tragen hatte, klopfte sein Herz so gewaltig wie ein

Trommelschlag im Gefecht.

Etwa zehn Minuten später kreuzten sich ihre Wege. Das junge Mädchen begrüßte die Soldaten mit einer hellen und klaren Stimme, die sich wie das Zwitschern eines Vogels anhörte. Der leitende Offizier ordnete eine kurze Pause an und unterhielt sich mit dem Thai-Mädchen über ihr Dorf, das sie soeben verlassen hatten. Ein Verbindungsoffizier plauderte über ihren Vater, als würde er ihn besser kennen als jeder andere. Und was war mit Vu Sinh? Er verfolgte schweigend und mit ernster Mine die Unterhaltung, ohne auch nur einen Augenblick das schöne Gesicht des Mädchens aus den Augen zu lassen: Die zarte und makellose Haut, die schön geschwungenen Augenbrauen, die an den kunstvollen Pinselstrich eines chinesischen Malers erinnerten, die sanft geformte Nase und die frischen, unbekümmerten Lippen. Ihr unberührtes Äußeres wirkte ebenso stolz und geheimnisvoll wie das des Waldes. Und als sie längst gegangen war, wußte Vu Sinh, daß er dieses Mädchen mit ihrem geschmeidigen Körper, umhüllt von feinen, traditionell gefertigten Stoffen, niemals vergessen würde. Sie war wie ein funkelnder Stern, der inmitten der endlosen Bergkette aufgegangen und dessen Strahl mitten in sein hilfloses offenes Herz eingedrungen war. Er würde sich so lange nach ihr sehnen, bis er die richtige Frau für sich gefunden hatte…

„Mir liegt sehr viel daran, daß wir ehrlich zueinander sind. Nur so können wir aus unserem Leben noch etwas machen."

Der Divisionskommandeur Vu Sinh sprach mit behutsamer Stimme. Er fuhr fort, ohne dabei seine Frau anzusehen:

„Die Wahrheit ist, wir hatten nicht genügend Zeit, uns lieben zu lernen, bevor wir heirateten. Damals waren wir beide viel zu jung, um das Für und Wider abzuwägen."

Luu hörte ihm aufmerksam zu. Plötzlich erinnerte sie sich an die

Zeit kurz vor ihrer Heirat. Damals mochte sie auch noch zwei andere Jungen aus ihrem Dorf. Der eine war nach dem Abschluß der Schule Dorfschullehrer geworden. Der andere ging zur Armee, einen Tag bevor sie beim Jugendverband in der Kreisstadt zu arbeiten begann. Wenn sie ehrlich zu sich war, hätte sie ebenso einen dieser beiden Jungen zum Mann nehmen können, und es wäre für sie auch nicht anders gewesen als mit Vu Sinh... Warum hatte sie eigentlich nie darüber nachgedacht...? Möglicherweise wollte sie sich vor dem Kollektiv nicht lächerlich machen, so daß sie schließlich selbst glaubte, Vu Sinh mehr zu lieben als die beiden anderen. Möglich war auch, daß sie sich das Ganze überhaupt nicht richtig durchdacht hatte...

Der Ehemann sprach weiter:

„Ich habe schon oft darüber nachgedacht, was gewesen wäre, wenn wir uns dem Problem schon eher gestellt hätten... Nach der Wiederherstellung des Friedens, 1954, zum Beispiel. Damals war unsere kleine Mai noch nicht geboren..."

Er senkte den Kopf und fuhr sich nach alter Gewohnheit durchs Haar. Die Frau stieß einen langen Seufzer aus. Sie begann zu verstehen, was ihr Mann sagen wollte: „Hätten wir uns zu diesem Zeitpunkt getrennt, dann wäre die Sache etwas einfacher gewesen."

Sie erinnerte sich noch ganz genau an den Tag, als er aus dem Krieg zurückkam. Wie hatte sie auf ihn gewartet! Doch es kam alles ganz anders. Gleich bei seiner Ankunft war er ständig umringt von einer Menschentraube: Onkel, Tanten, Neffen, Nichten... Und er war so gelöst, so fröhlich, fühlte sich so glücklich, sie alle wiederzusehen... So vergingen Stunden um Stunden und sie wartete geduldig, daß er auch einmal zu ihr käme. Natürlich hatte sie, wie jede andere Frau, dafür Verständnis , daß es ein großes und freudiges Ereignis für alle Verwandten und Bekannten war, einen von der Front heimgekehrten Soldaten zu begrüßen. Aber als dann auch das große Festessen beendet, alle Reste weggeräumt und die Ordnung im Haus wiederhergestellt war, als sich alle glücklich schlafen gelegt hatten und noch einmal den Tag an sich vorbeiziehen ließen, an dem sie so viel gelacht, so viel geweint, so viel erzählt, so viel gegessen und getrunken hatten, glaubte sie, ihn endlich für sich zu haben. Sie erwartete ihn voller Begehren, verständlich für eine Frau, die vier lange Jahre von ihrem Mann getrennt war. Doch als sie allein in ihrem Zimmer waren, stellte er ihr einige der Fragen, die er schon am Nachmittag seinen Bekannten gestellt hatte. Es schien sogar, daß es ihn große Anstregungen kostete, sie überhaupt etwas zu fragen, geschweige denn eine Unterhaltung zu führen. Und sie, sie beantwortete alle Fragen in der gleichen Weise, wie sie seine Eltern, Onkel und Tanten schon beantwortet hatten. Schließich waren sie an der Stelle angelangt, wo sie sich nichts mehr zu sagen hatten. Die Stille wurde bedrückend. In diesem Augenblick entschloß er sich, mit ihr zu schlafen. Nur ein kurzer Moment der Aufregung, dann war alles vorbei. Sie lagen nebeneinander, das Schweigen hielt immer noch an.

Luu nahm den Geruch von Moos wahr, der vom Erdboden her aufstieg. Sie roch den Duft der Drachenkrallenblume, den der Wind aus dem Garten herübertrug. Sie spürte die feuchte tropische Luft, die auch in die Decken und Kissen eingedrungen war. Und sie dachte daran, daß sich diese, ihr seit frühester Kindheit vertrauten Gerüche niemals verändern würden.

Und was Vu Sinh betraf, auch er atmete den süßlichen Duft der Drachenkrallenblume ein, einer Blume mit langen gelben Blättern wie das Gefieder der Goldamsel. Er liebte diese Blume und hatte sie zum ersten Mal mit zwölf Jahren gepflückt, weil er von ihrem Duft so sehr angezogen worden war. Die Blume erinnerte ihn immer wieder an seine Kindheit. Was aber den Geruch der feuchten, tropischen Luft betraf, der von überall her in die Decken und Kissen eindgedrungen war, oder das Atmen seiner Frau neben ihm, so war ihm das alles völlig fremd. Als wären sie sich irgendwo begegnet, sehr weit weg, außerhalb seines Bewußtseins.

Er hörte seinen Sohn im Traum sprechen. Beklommenen Herzens und voll Sorge drehte er sich sofort um, beugte sich über ihn und küßte ihn liebevoll, so daß er ruhig weiterschlief. Dann legte er sich auf den Rücken und versuchte, sich zu entspannen. Aber es gelang ihm weder, den Duft der Drachenkrallenblume nochmals einzufangen, noch sich an das Bild der schönen, jungen Thai zu erinnern. Die Gedanken an den Duft der Vergangenheit und die Erinnerung an das zauberhafte Mädchen nahm er schließlich mit in seine Träume...

Und so ging sein Leben weiter.

Wenn er mit seiner Frau schlief, kam es ihm mitunter so vor, als umarme er den graziösen Körper jenes wunderschönen Mädchens in dem knöchellangen Rock und der weißen Bluse. Aber wenn er dann erwachte und in die Wirklichkeit zurückkehrte, hatte er das Gefühl, in einen tiefen Abgrund zu stürzen. Dann sprang er jedesmal ärgerlich und zutiefst unglücklich aus seinem Bett, öffnete die Tür, lief in den Garten und rauchte eine Zigarette...

„Viele Male...", fuhr ihr Mann mit gleichmäßiger Stimme fort, „viele Male dachte ich, wir hätten die Jugend schon hinter uns, weil uns durch die Geburt unserer Kinder eine sichere Existenz bis ans Ende unserer Tage gegeben war... aber, wie du sicher gemerkt hast, Luu, habe ich mich mit jedem Tag ein Stück mehr von dir entfernt ... Und ohne Liebe, ohne Verlangen, kann ich nicht ... Es würde furchtbar für dich werden, Luu... Nicht nur für ein paar Monate, ein paar Jahre, sondern ein ganzes Leben lang..."

Er trank einen Schluck Tee, goß den in der Tasse verbliebenen Rest aus dem Fenster in den angrenzenden Garten und sprach mit behutsamer Stimme weiter:

„Ich kann mich nicht zwingen... Liebe kann man nicht erzwingen... Da gibst du mir doch recht, Luu?"

Die Frau hob den Kopf und sah ihren Mann an. Irgendwie hatte sie das Gefühl, daß sie ihrem Mann recht geben mußte. Das Zimmer mit dem Duft der Drachenkrallenblume, dem feuchten Moosgeruch und der Kühle des Ehebettes würde nun seine Bedeutung endgültig verlieren. Denn den warmen Atem des Mannes würde sie nicht mehr spüren können, auf die glühende Liebe und die heftigen Umarmungen vergeblich warten. Seine Art zu lieben bestand von jeher darin, sie hastig zu nehmen wie jemand, der auf der Durchreise ist und gerade so viel Zeit hat, einen Schluck Tee zu trinken, um seinen Durst zu stillen. Niemals würde sie es schaffen, ihn so zu verändern, daß er sie wirklich liebte, sie leidenschaftlich in seine Arme nehmen und ihr seine Wärme geben würde... Aber was, wenn er sie verlassen würde?

Sie dachte an ihre beiden Kinder, an das jahrelange Warten ohne Hoffnung, an die ganze Mühe, die sie aufgebracht hatte, um den Vorgarten zu pflegen, um den großen Gemüsegarten ständig in Ordnung zu halten, angefangen von den langen Beeten mit Kohl, Chilies bis hin zur Pflege des immergrünen Teebaumes und natürlich der Drachenkrallenblumen. Hier hatte sie außer dem Schweiß auch einige Pfunde gelassen. Im übrigen wäre sie mit ihren begrenzten finanziellen Mitteln ziemlich hilflos, sollte sie das Haus eines Tages wirklich verlassen müssen... Und nicht zuletzt die Blamage, der sie sich als Frau ausgesetzt sah! Sie schrie auf:

„Aber es bleiben die Kinder, es bleibt das Haus... Ich werde..."

Jetzt brach sie in Tränen aus. Vu Sinh stand auf, ging auf den Hof, holte ein kleines Handtuch von der Leine und gab es seiner Frau, damit sie ihr Gesicht abwischen konnte.

„Ich weiß. Ich habe auch daran gedacht. Es ist wahr, daß die beiden Kinder ein ziemliches Hindernis für dich wären, solltest du dich entschließen wegzugehen, um ein neues Leben zu beginnen. Aber sei unbesorgt, meine Eltern werden sich um sie kümmern. Was das Haus betrifft, kannst du natürlich hier wohnen bleiben... Und wenn du nicht willst, werde ich mich um eine neue Unterkunft für dich kümmern. Ein kleines Haus ganz in der Nähe deiner Arbeitsstelle wäre sehr bequem für dich."

Die Frau hörte ihrem Mann mit großer Aufmerksamkeit zu. Sie hatte sogar einen Moment aufgehört zu weinen. Doch dann schluchzte sie erneut auf:

„Aber, da ist noch..."

Weiter konnte sie nicht sprechen, da sie ein erneuter Weinkrampf überfiel.

Vu Sinh ging nach draußen. Er setzte sich auf die Treppenstufen und blickte auf den Hof. Er überlegte. „Es gibt kein Problem, das nicht zu lösen wäre", sprach er zu sich selbst. „Man muß im Leben wissen, wie man erfolgreich Hindernisse überwindet, so wie es die Fische verstehen, den Wasserfall von Vu Mon zu überqueren... Nur nicht zögern. Wenn man einmal resigniert, trägt man die Last sein ganzes Leben lang mit sich herum..."

Er ging ins Zimmer zurück und legte die Hand auf ihre Schulter:

„Hör auf zu weinen, Luu, und denke noch einmal ganz in Ruhe darüber nach. Ich werde mich in jeder Hinsicht nach dir richten, auch wenn du möchtest, daß wir so weiterleben wie bisher. Doch mit Sicherheit werden wir beide darunter leiden, und du wahrscheinlich noch mehr.

Ich habe großes Verständnis für dich. Aber bitte versuch, auch mich zu verstehen... Man kann die Liebe nicht erzwingen..."

Er sprach langsam und betrübt, aber mit fester Stimme. Seine Frau hörte ihm zu. Sie weinte nicht mehr.

In diesem Moment war an der Haustür das fröhliche Lachen der Kinder zu hören. Sie kamen von einer Feier aus dem Nachbardorf zurück, zu der sie die Großeltern mitgenommen hatten.

Vu Sinh war wieder zum Dienst gefahren.

Luu lag auf dem Bett und grübelte. In den letzten Nächten hatte sie keinen Schlaf gefunden. Immer wieder hatte sie sich die Worte ihres Mannes ins Gedächtnis zurückgerufen. Jetzt endlich verstand sie, daß er recht hatte. Ähnlich einem Menschen, der durch den Wald geht und erst nach vielen Umwegen zu einem Berggipfel gelangt, der ihm den Blick freigibt auf die Unendlichkeit des Horizonts. Luu entschloß sich, ihrem Mann zu schreiben. Doch vorher wollte sie sich noch mit Hong Tham beraten, nicht nur weil sie ihre engste Freundin war, sondern auch ihre Vorgesetzte im Frauenverband. Unglücklicherweise befand sich Hong Tham gerade auf dem Weg nach Hanoi, um für 18 Monate an einem politischen Lehrgang teilzunehmen.

Luu schrieb ohne zu zögern, daß sie die Worte ihrers Mannes jetzt vollkommen verstanden habe, und daß er möglichst schnell nach Hause kommen möge, um die Vorbereitungen für die Scheidung zu treffen.

Der Brief ging am gleichen Tag ab. Ihr war klar geworden, sie hatte nicht mehr die Zeit eines jungen Mädchens, und jedes Abwarten würde ihr unwiederbringlich einen weiteren Teil ihrer Jugend nehmen...

Mit Zustimmung seines Vorgesetzten fuhr Vu Sinh sofort nach Hause. Er kümmerte sich um den Bau eines hübschen, kleinen Hauses mit drei Zimmern und einer Küche gleich in der Nähe ihrer Arbeitsstelle. Nachdem das Gericht die Scheidung ausgesprochen hatte, war auch das Häuschen bezugsfertig. Luu war zufrieden. Jetzt, da sie sah, daß Vu Sinh alle Versprechungen eingehalten hatte, da sie spürte, wie fair er sie behandelte, waren ihre Vorwürfe und Ängste vollkommen verschwunden. Luu hatte wieder den Mut, in die Zukunft zu blicken. Sie verabschiedeten sich wie zwei Freunde und standen sich dann einen Moment wortlos gegenüber.

„Ganz sicher wirst du einen Mann finden, der dich wirklich liebt, Luu. Und ihr werdet glücklich sein", unterbach Vu Sinh die Stille.

„Ich bitte dich um Verzeihung für all die Jahre unseres gemeinsamen Lebens. Wenn ich daran denke, fühle ich mich schuldig, obwohl gerade ich mich so unglücklich gefühlt habe... Aber das Schlimmste war wohl, daß wir beide es aus Unerfahrenheit so lange verdrängt haben..."

Sie hatten das Ende des Weges erreicht, den sie von Luus neuem Haus gemeinsam gegangen waren. Jetzt teilte er sich: einer führte zur Hauptstraße, wo Luu arbeitete, der zweite zum Haus von Vu Sinh und der dritte in die Richtung der Militärschule, der Dienststelle Vu Sinhs. Dieser Weg war mit ganz feinem Sand bedeckt. Gereinigt durch den letzten Regen, funkelten die Sandkörner in der Sonne wie ein Sternenmeer am Himmel.

Kommandeur Vu Sinh fuhr zu seiner Dienststelle zurück. Das war der Ort, an dem er tagtäglich Rekruten ausbildete, die nach und nach wie eine Familie zusammenwuchsen. Es war windstill, so daß sich nicht einmal die Spitzen der Grashalme bewegten. Erste zarte Sonnenstrahlen drangen durch die Dämmerung und spiegelten sich im Morgentau. Aus der Häuserzeile auf der rechten Seite stürzte plötzlich ein halbnackter junger Mann, der gerade dabei war, seine Unterhosen anzuziehen, die der Farbe von verwelkten Blättern ähnelte. Er rief erfreut:

„He! Der Kommandeur ist zurück. Der Kommandeur ist von seinem Urlaub zurück. Kommt her Jungs! Haben Sie uns was mitgebracht, Chef?"

Vu Sinh lachte. Schweigend holte er ein Päckchen Tabak aus seinem Tornister und ein halbes Kilo Bonbons, die seine Mutter immer bei einer Bekannten aus geröstetem grünen Reis und Zucker machen ließ.

„Tabak und Reisbonbons ist alles, was ich habe."

Unter den Soldaten, die ihn umringt hatten, war einer, der dem Jungen in der Unterhose einen strengen Blick zuwarf:

„Der Kommandeur hat Probleme, ziemlich große Probleme. Da ist es wohl ein bißchen viel verlangt, ihn in dieser Situation noch um Geschenke anzubetteln. Du bist wirklich unmöglich, Do?"

Do, der Junge in Unterhosen, antwortete schlagfertig:

„Was heißt hier große Probleme. Eine Scheidung ist doch kein Weltuntergang. Dann sucht man sich eben ein neues Glück. Es ist doch niemand gestorben, warum also trauern? ... Ja, wenn seinen Eltern etwas zugestoßen..."

Jetzt konnte sich Vu Sinh nicht mehr zurückhalten. Er lenkte versöhnend ein:

„Hört auf, hört auf... Kommt alle zu mir rüber. Dann geht's mir gleich besser. Ich spendiere Tee und Zigaretten. Haben wir denn noch ordentlichen Tee da?"

„Jawohl, Chef. Thailändischen, Sorte eins. Den wollten wir eigentlich an dem Sonntag trinken, als Sie im Urlaub waren. Aber wir haben ihn doch aufgehoben..."

Do plauderte völlig aufgekratzt, während er mit dem Kommandeur zum vorderen Haus ging. In seinem Zimmer angekommen, nahm Vu Sinh den Tornister ab, legte ihn auf das Bett und setzte sich. Er beobachtete, wie Do geschäftig hin und her lief, Wasser abkochte und den Tee holte, wie ein anderer das Teegeschirr abwusch und der nächste die Decken und Matten zurechtlegte, um genügend Sitzplätze zu schaffen...

Do hatte ein rundes Gesicht, das Energie und Lebensfreude ausstrahlte. „Sicher ahnt er nicht im Entferntesten, welche wichtige Rolle er in meinem Leben gespielt hat...", dachte Vu Sinh.

Vor zwei Jahren, als die neuen Rekruten eingetroffen waren, wurde Vu Sinh mehr als einmal auf Do aufmerksam. Zunächst wegen seiner kräftigen Gestalt, dem natürlichen Auftreten und seiner Schlagfertigkeit. Später wegen seiner derben Späße, die sowohl das Klima als auch die Disziplin innerhalb der Truppe außerordentlich in Gefahr brachten. So geschah es, daß während des Appells einige Soldaten, gebürtige Städter, mit einem Mal wie wild herumzappelten und dabei laut aufschrien oder wie besessen davonliefen, als wären sie von Ameisen gebissen worden. Andere bekamen plötzlich blutleere Gesichter, sprachen ohne zu atmen, so als hätten sie auf dem Rücken, auf dem Bauch, in der Hose ein ganzes Nest frischgeborener feuerroter Mäuschen oder einen Schwarm von Blutegeln, die ihre Rüssel angesetzt hatten oder ein paar fingerdicke dunkelblaue Raupen... Ein anderes Mal, während des Politunterrichts, es war schon dunkel und der Politoffizier war gerade wieder auf sein Podest gestiegen, hörte er aus einer Ecke des Raumes ein seltsames Röcheln. Das heisere Pfeifen und Heulen aus dem Kehlkopf hörte sich wie das Leiden eines alten Menschen an, der seit Jahren Asthmatiker ist. Der Offizier wartete, bis das Röcheln aufgehört hatte und Ruhe im Versammlungsraum eingetreten war, erst dann sprach er weiter. Aber bereits nach zwei Minuten war dieses fürchterliche Röcheln erneut zu hören, mehrmals hintereinander. Wieder unterbrach der Politoffizier seine Vorlesung und sah stumm auf die Soldaten herab. Sie waren erstaunt und blickten sich gegenseitig fragend an. Die Asthmastimme klang jetzt so entsetzlich, daß sich der Offizier gezwungen sah, etwas zu tun:

„Jeder kontrolliert auf der Stelle seinen Nebenmann. Es muß doch herauszukriegen sein, wer sich mit dieser furchtbaren Krankheit in unserer Kaserne aufhält!"

Und wieder sah jeder den anderen an. Sie prüften und suchten, um hinter das Geheimnis der unglaublichen Stimme zu kommen. Vergeblich! Nicht der Schimmer eines Verdachtes... Endlich, nach einer halben Stunde, entdeckte man zwei riesige Kröten. Sie hockten verstört in einer Ecke und röchelten elendig. Ihre Mäuler waren bis auf eine kleine Öffnung zugenäht, in der jeweils das Stück einer alten Wasserpfeife steckte, in das normalerweise der Tabak gestopft wird...

Nach einigen Verwarnungen hielt sich Do mit derartigen Scherzen mehr und mehr zurück.

Vu Sinh mochte diesen übermütigen jungen Mann, weil er über Eigenschaften verfügte, die ihm selbst fehlten: das war zum einen die selbstverständliche Klarheit, mit der er durchs Leben ging, seine Offenherzigkeit. Zum anderen war es seine Unkompliziertheit, die ihn manchmal sogar einfältig erscheinen ließ, aber vielleicht war gerade das der kürzeste Weg zur Wahrheit.

Es trug sich zu, daß Vu Sinh während einer Trainingspause unfreiwillig Zeuge eines Gespräches über das Privatleben von Do wurde. An diesem Tag mußten sie eine komplizierte Schießübung absolvieren. Der Kommandeur hatte sich entschlossen, die angesetzte Pause um weitere 15 Minuten zu verlängern. Die Soldaten grölten vor Freude. Sie setzten sich an einen Berghang, um sich vor der drückenden Hitze zu schützen. Entspannt genossen sie die Kühle des Schattens und gönnten ihren glühenden Gesichtern und schweißüberströmten Körpern einen Moment der Ruhe. Von weither trug der Wind den Duft der Reisfelder heran und der Geruch der Sandelholzbäume, die irgendwo in der Nähe auf den Hügeln wuchsen, ließ die Luft so leicht dahinschweben wie die Flügel eines Papierdrachens.

Vu Sinh saß ganz allein hinter einem Haufen aus vertrocknetem Gras, das die Bauern der Siedlung zum Verbrennen zusammengetragen hatten, um die Asche als Dünger zu verwenden. Er nahm seine Mütze ab, schaute mit zusammengekniffenen Augen gegen die Sonne auf den gegenüberliegenden Berggipfel und betrachtete die hochgewachsenen Nadelbäume. Am Fuße des Berges saßen die Soldaten, tranken Tee, rauchten und unterhielten sich über die Mädchen der kleinen Siedlung. Die Jüngsten unter ihnen lachten nur, am lautesten lachte Do.

„Du bist ja feige wie eine Krabbe", rief Do amüsiert. „Wenn sie dir gefällt, mußt du gleich zur Sache kommen: ‚Kleine Schwester, ich könnte aus Liebe für dich sterben! Was du auch verlangst, ich werde alles für dich tun.' Und sollte die dicke Thu hierherkommen, dann erwarte sie gleich am Kasernentor und wirf dich ihr mit den Worten zu Füßen: ‚Liebste kleine Schwester, ich kann es kaum glauben, daß du dich für mich interessierst, aber welch ein Unglück, ich interessiere mich nicht für dich. Doch, sei nicht betrübt. Such dir zum Trost einen anderen. Denn es würde mich traurig stimmen, sollte deine Jugend von nun an vorüberziehen, wie der Wind am Kasernentor…' Glaubst du mir etwa nicht, daß man sich so aus der Affäre ziehen kann? … Wenn du den Mut hast, einem Mädchen zu gestehen, daß du sie liebst, warum solltest du dann nicht den gleichen Mut aufbringen, einem Mädchen ehrlich zu sagen, daß du sie nicht liebst? Zögern und Schweigen bringen nur Ärger: Du versteckst dich, läßt dich verleugnen, lügst und läßt lügen, damit sie dich nicht zur Rede stellen kann…Oder, konkret, du sitzt im Haus und mußt mal, traust dich aber nicht auf den Hof zur Toilette, weil du Angst hast, daß sie dich sieht. Und dir wäre es furchtbar peinlich, wenn sie plötzlich riefe: ‚He, du bist ja doch zu Hause! Warum belügst du mich? Was bist du nur für ein feiger Kerl! Es ist besser, du ziehst dir einen Rock an, du Männchen…'"

Die ganze Horde brach in schallendes Gelächter aus.

Und gleich darauf hänselte der Gruppenführer:

„Und ausgerechnet du, Do, hast gleich zwei von der Sorte. Erst 23 Jahre und gleich zwei Ehefrauen!"

Do widersprach:

„Wer hat hier zwei Frauen! Ich habe die eine nicht einmal angefaßt, weshalb sollte ich sie also als meine Frau betrachten? Und was das ganze Theater mit den Hochzeitsfeiern betrifft, die meine Eltern inszeniert haben, so waren das für mich lediglich Gelegenheiten, um einen Festtagsbraten verspeisen zu können. Aber das habe ich dir ja alles schon erklärt. Meine Einstellung dazu ist nach wie vor so hart wie Granit."

Jetzt mischten sich die anderen ein. Alle sprachen durcheinander:

„Wann hast du was erklärt? Mach schon, erzähl es uns. Erzähl schon, was bei deiner Hochzeit passiert ist! Schließlich hat uns der Chef fünfzehn Minuten Pause zusätzlich gegeben."

Do brauste auf:

„Wie oft wollt ihr das denn nun noch hören? Ich hab' doch schon alles erzählt."

„Was heißt hier wie oft, du hast es gerade mal dem Gruppenführer erzählt und mir. Die anderen wissen davon überhaupt nichts."

„Er hat recht, fang an Do, dann können die Jüngeren vielleicht noch etwas von dir lernen."

Do räusperte sich lauthals, dann fing er an:

„Mein Vater besaß einen Brutofen für Enteneier. Als ich vierzehn Jahre alt war, mußte ich ab und an meinen Vater am Ofen ablösen, um die Eier rechtzeitig zu wenden. Damals hatte ich eine Freundin. Sie hieß Tinh. Wir kannten uns schon, als wir noch kleine Kinder waren und gemeinsam Grünfutter suchten, die Büffel hüteten oder durch den Fluß wateten. Später, als wir dann Schulkinder waren, lernten wir in der gleichen Klasse. Nach der Grundschule ging Tinh von der Schule und half ihren Eltern bei der Feldarbeit. Und ich ging nach der 8. Klasse in die Provinzhauptstadt und lernte an der Oberschule. In den Sommerferien kam ich immer nach Hause. Meist erhielt ich die Aufgabe, mich um den Brutofen zu kümmern. Es war jeden Abend der gleiche Ablauf: Ich aß zu Abend, dann ging ich zum

Brutofen und löste meinen Vater ab. Er begab nach Hause, aß und legte sich sofort ins Bett. Gegen sieben Uhr, wenn die Glühwürmchen draußen blinkten, kam Tinh zu mir. Wir machten es uns gemütlich, und dann schwatzten und schwatzten wir und kamen vom Hundertsten ins Tausendste. Aber wenn mich heute jemand fragen würde, worüber wir uns damals unterhalten haben, ich wüßte es nicht mehr. Ich kann mich wirklich an nichts Konkretes mehr erinnern. Jedoch eines weiß ich noch genau, wenn wir keine Lust mehr zum Quatschen hatten, dann kochten wir uns Eier. Es gab Abende, da verdrückten wir an die fünfzehn Stück. Und dann sagte Tinh: ‚Laß uns nur die kaputten Eier nehmen, damit dein Vater nicht ausrastet.‘ Ich schüttelte den Kopf: ‚Ist der Mensch mehr wert als der Besitz oder ist der Besitz mehr wert als der Mensch? Nimm ruhig die schönsten Eier und genieße sie. Ich bin schließlich ein Produzent, und dem Produzenten steht ja wohl zuallererst das Beste zu, oder?‘

Am nächsten Tag brummte mein Vater tatsächlich verärgert vor sich hin. Aber ich tat dann so, als ginge mich das überhaupt nichts an. Es blieb ihm daher nichts anderes übrig, als die Sache zu vergessen... Das ging dann so weiter bis ich zwanzig war. Ich hatte gerade die Schule beendet, da sagte mein Vater: ‚Jetzt, wo die Prüfungen zu Ende sind, wird es Zeit, daß du wieder nach Hause kommst und heiratest!‘ In diesem Augenblick dachte ich, er hätte doch etwas von den Abenden zwischen Tinh und mir mitbekommen, und wollte nun, daß ich Tinh um ihre Hand bitte. Deshalb nickte ich und sagte: ‚Gut Vater, ich richte mich ganz nach dir.‘ Darauf erwiderte er: ‚Morgen ziehst du dich tadellos an und kommst mit mir ins Nachbardorf Ha.‘

Ich riß die Augen auf und rief erstaunt: ‚Was haben wir denn in Ha verloren?‘

Mein Vater zeigte nur auf einen lackierten Korb, gefüllt mit Betel, Tee und Tabak, den er, ich weiß nicht wann, längst vorbereitet hatte.

‚Damit du um die Hand deiner zukünftigen Frau anhältst', sagte er mit fester Stimme.

Ich zweifelte noch immer daran, ihn richtig verstanden zu haben und fragte noch mal: ‚Und wer soll das sein?'

Daraufhin mein Vater knallhart: ‚Du wirst um die Hand der kleinen Thuan anhalten, der Tochter von Huong Moc, um wen denn sonst?'

Ich wurde leichenblaß. Erst jetzt verstand ich, was los war. Aber ich reagierte sofort. Mit ebenso fester Stimme erklärte ich:

‚Ich werde Thuan nicht heiraten! Du wirst mich nicht dazu bringen können, auch wenn du mich totschlägst…'

Mein Vater stand auf, nahm die Peitsche aus dem Dachgebälk und knallte sie mit gewaltiger Kraft durch die Luft. Sofort sprang ich auf und ergriff die Flucht. An diesem Tag ging ich nicht mehr nach Hause. Am Dorfausgang wartete ich, bis es Abend wurde. Wie ich vermutet hatte, war niemand da, der meinen Vater am Brutofen hätte ablösen können. So mußte sich meine Mutter auf den Weg machen, um ihm etwas zu essen zu bringen. Als sie zurückkam, hatte ich mich bereits ins Haus geschlichen. Während ich hungrig einen halben Topf Reis und gekochten Fisch hinunterschlang, erkundigte ich mich bei meiner Mutter nach dem Familiensegen. Sie sagte mit ruhiger Stimme: ‚Ich weiß, daß du und die kleine Tinh etwas füreinander übrig habt. Man sagt mit Recht, daß man sich von einer Jugendliebe nur sehr schwer lösen kann. Aber dein Vater sieht das anders. Seit ungefähr drei Jahren trifft er sich regelmäßig mit Herrn Huong Moc zu einem Schlückchen Alkohol. Dazu kommt, daß Herr und Frau Moc Teilhaber unseres Geschäftes mit den Enteneiern geworden sind. Und was du auch nicht weißt, Anfang dieses Jahres, auf der Gedenkfeier für Herrn Bai, haben dein Vater und Huong Moc beschlossen, ihre beiden Kinder miteinander zu verheiraten, um die Beziehungen auf eine verwandtschaftliche Ebene zu bringen. Das wirst du ganz bestimmt nicht verhindern können. Du kennst doch deinen Vater! Bei seinem Charakter... Er wäre imstande, unser ganzes Mobiliar kurz und klein zu hauen und dazu noch die Küche in Brand zu stecken, wenn es nicht nach seinem Willen geht.'

Ich stand auf: ‚Auch wenn er das ganze Haus anzündet, ich werde meine Meinung nicht ändern.'

Ich lief aus dem Haus, geradewegs in das Dorf Ha. Dort angekommen, stellte ich mich vor die Tür des Hauses der Familie Huong Moc und brüllte: ‚Ist Fräulein Thuan zu Hause?'

Eine schrille Stimme antwortete: ‚Ja, ich bin da... Wer ist dort draußen, treten Sie doch ein!'

Als ich diese Stimme hörte, wurde ich noch wütender. Ich antwortete ziemlich schroff: ‚Ich komme nicht rein. Kommen Sie heraus, ich habe mit Ihnen zu reden.'

Es schien, daß das eigensinnige Fräuleinchen einen Moment lang im Flüsterton auf ihre Eltern einredete. Kurz danach öffnete sich die Tür und sie kam unschlüssig heraus, während sie im Gehen noch ein Blatt von einem Hibiskusstrauch abriß und in der Hand zerknüllte.

‚Großer Bruder...'

Da sie es nicht eimal fertigbrachte, mir guten Tag zu sagen, fiel ich ihr gleich ins Wort: ‚Sie sind doch Fräulein Thuan, nicht?'

Die Göre schaute verschämt nach unten. ‚Ja.'

In Wirklichkeit wußte ich genau, wer sie war. Zum Nationalfeiertag, an irgendeinem 2. September, hatten sich die jungen Leute unserer beiden Dörfer bei einer Kultur- oder Filmveranstaltung getroffen. Damals gab ich vor einigen Jungs meinen Kommentar über sie ab: ‚Ich frage mich, wer mal den Mut aufbringen wird, die kleine Thuan zu heiraten. Sie ist reichlich mager und hat einen häßlichen Mund mit wulstigen Lippen. Außerdem ist sie kurzsichtig wie ein Maulwurf. Es wäre besser für sie, erst gar nicht den Versuch zu machen, in den Himmel zu schauen...' Ich hätte nie gedacht, daß ich mich nun ausgerechnet mit diesem Mädchen abfinden sollte. Schon der Gedanke daran, brachte mich wieder in Wut: ‚Ihr Vater hat Ihnen schon meine Einwilligung gegeben, nicht wahr?'

Sie hob ihre kurzsichtigen Augen, zwinkerte, und sah mich an. Sie schien ängstlich und verschämt zugleich: ‚Ich dachte, daß Sie gekommen sind...'

Ich unterbrach sie: ‚Was dachten sie, weshalb ich gekommen bin?'

Jetzt fing das Mädchen an zu zittern. Nervös riß sie das Blatt in ihrer Hand in kleine Teile. ‚Vielleicht um... um meine Hand...?'

Weiter kam sie nicht. Man sah ihr an, daß sie sich schrecklich schämte. In diesem Moment tat sie mir ein bißchen leid. Ich wurde etwas freundlicher: ‚Ich hab' wirklich nichts gegen Sie. Aber wenn wir uns nicht lieben, dann sollten wir auch nicht heiraten. Ich sage es Ihnen lieber vorher, damit Sie es Ihrem Vater ausrichten können. Schließlich gehören wir beide dem Kommunistischen Jugendverband an und sollten deshalb offen miteinander reden... So, das wäre alles. Ich muß gehen. Auf Wiedersehen.'

Ohne eine Antwort von ihr abzuwarten verschwand ich."

Die Soldaten, die die Geschichte mit angehört hatten, sahen sich an und tuschelten.

„Das ist ja kaum zu glauben. Schnurgerade wie ein Pinselstrich mit chinesischer Tinte sagt er ihr die Wahrheit direkt ins Gesicht. Wer kann denn das verkraften?"

Wütend gab Do zur Antwort:

„So direkt zu sein, war in dieser Situation keine große Kunst. Was sollte ich denn anderes machen? Und trotzdem war es für mich noch nicht ausgestanden. Mein Vater nahm keine Rücksicht auf meine Gefühle. Er nahm den vorbereiteten Korb, hielt in meinem Namen um die Hand des Mädchens an und organisierte die Hochzeit. Vor den Verwandten argumentierte er mit großen Sprüchen: ‚Wenn ein

Feuer lange genug in der Nähe von Stroh brennt, dann fängt es irgendwann doch an zu brennen. Laßt ihn erst einmal verheiratet sein, dann wird er seine Frau schon noch lieben und Kinder haben... Ich habe Herrn Huong Moc vor aller Welt mein Wort gegeben und daran wird Do, selbst wenn er intelligenter und stärker als andere Jungen in seinem Alter ist, nichts ändern können.' Schließlich ließ mein Vater ein Schwein schlachten, machte Wurst, bereitete Fleischpasteten mit Zimt zu, füllte Reispapierröllchen mit gehacktem Schweinefleisch... Insgesamt zwanzig Platten belegte er für das Hochzeitsmahl! Drei lange Knallketten wurden abgebrannt, die Reste waren in der ganzen Umgebung verstreut. Und ich, ich war gar nicht zu Hause. Ich lief tagelang ziellos umher, von einem Haus zum anderen, von einem Dorf zum anderen. Wenn mich der Hunger quälte, buddelte ich mir auf dem Feld einige Bataten aus, machte ein kleines Feuerchen und röstete sie mir. Oder, wenn meine Mutter den Brutofen bewachte, schlich ich mich dorthin und kochte mir gleich ein Dutzend Eier... Das lief ungefähr ein halbes Jahr lang so ab, dann mußte mein Vater aufgeben. Die kleine Thuan packte ihre Sachen und ging zu ihren Eltern zurück. Und nun mußte mein Vater wieder ein Schwein schlachten lassen, damit meine Hochzeit mit Tinh gefeiert werden konnte. Um sein Gesicht nicht zu verlieren, sprach mein Vater zu den Nachbarn: ‚Nun gut, wenn sich die Erde nicht freiwillig dem Himmel ergibt, dann ist der Himmel gezwungen, sich der Erde zu unterwerfen. Die Ideale meiner Generation haben sich offensichtlich gewandelt...'"

Ein Soldat sagte schlagfertig:

„Nicht die Ideale deines Vaters haben sich gewandelt, sondern du bist ein völlig anderer. Wenn du schon die Hochzeit geschmissen hast, warum hast du nicht wenigstens für ein paar Tage den Ehemann gespielt?"

Do antwortete:

„Du bist ein Dreckskerl, ein Idiot ... Hast du keine Ehre im Leib? Wie kann ich mich an einem Mädchen vergreifen, das ich unter Zwang heiraten mußte und absolut nicht liebe. Was für ein Spiel sollte ich mit ihr treiben? ... Und wozu das Ganze? ... Nein, nicht für alles Gold der Welt!"

Die ganze Truppe fing schallend an zu lachen. Der Gruppenführer von Do sagte:

„Man sieht ihm gar nicht an, daß er so einen Dickschädel hat. Aber was hättest du gemacht, wenn deine Frau ganz verrückt nach dir gewesen wäre, so als hätte sie einen wundersamen Liebestrank zu sich genommen?"

Do lachte:

„Auch in diesem Falle hätte man irgendwie dafür sorgen müssen, daß wir beide verrückt aufeinander sind, du verstehst..."

Vu Sinh hörte das weithin tönende Gelächter der Soldaten. Aber er lachte nicht. Die Geschichte von Do hatte in ihm Erinnerungen wachgerufen an eine Sache, die schon fast zehn Jahre zurücklag und die er durch seine Unentschlossenheit immer noch nicht verwunden hatte.

Genauer gesagt, ließ ihn die Sehnsucht nach einem glücklichen Leben nicht mehr los. Erstmals hatte er sie nach seinem Besuch bei dem jungen Schmied und seiner Frau verspürt. Später, während des Krieges, wurde sie in seinen Träumen immer stärker. Jetzt, nach dieser scheinbar gewöhnlichen, aber so ehrlich vorgetragenen Geschichte des jungen Soldaten Do, der so entschlossen sein Glück verteidigt hatte, war sie erneut aufgebrochen. Vu Sinh mußte endlich der Nebelwand aus Erschöpfung, Trägheit und Selbstmitleid entrinnen. Ihm war klar geworden, daß er bis zu den Wurzeln seines eigenen Lebens vordringen und daraus die richtigen Schlußfolgerungen ziehen mußte.

In diesem Moment trennte er sich wie selbstverständlich auch innerlich von seiner Frau. Das machte ihn stärker und selbstbewußter, befreite ihn von seiner Unruhe und seinen Ängsten, ließ ihn einen neuen Lebenshunger spüren.

Vu Sinh führte behutsam den heißen Tee, den ihm ein Soldat gebracht hatte, an seine Lippen. Dabei betrachtete er die ausgedörrten Gräser des Heuhaufens, die in der Sonne glitzerten. Er schaute in den klaren, blauen Himmel und sah plötzlich ein Lerchenpaar, das sich vergnügt in die Lüfte erhob und ein Begrüßungslied trällerte. Er spürte, wie sein Herz schwebte und mit Leichtigkeit davonflog wie diese beiden Vögel. Auch sie waren auf der Suche nach Liebe. Ihr Gefieder glänzte im Sonnenlicht wie die vertrockneten Gräser. Ihr Gesang klang wie eine Einladung... Vu Sinh war erst 28 Jahre alt. Für ihn war nach wie vor ein Platz im Leben reserviert. Das war so sicher wie die Morgendämmerung, die jeden Tag erneut anbrach, oder wie die Wolken, die am Himmel erscheinen, oder die grellen Blitze...

„Worüber lachen Sie, Kommandeur", fragte Do.

„Ach, nichts. Schon gut."

Vu Sinh antwortete hastig. Erst jetzt wurde ihm bewußt, daß er gelacht haben mußte, während er seinen Gedanken nachgegangen war. Und die Soldaten mußten überrascht gewesen sein, als sie sein Lachen hörten.

„Euer Tee schmeckt wirklich gut. Und wie wär's jetzt mit den Bonbons? Meine Mutter läßt sie immer von einer guten Bekannten machen..."

Er wich auf ein anderes Thema aus.

2

Das Glück ist so nervenaufreibend wie ein Spiel. Gerade dann, wenn du dir sehnsüchtig eine sechs wünschst, kommt sie garantiert nicht. Und wenn du am wenigsten damit rechnest, ist sie da. Knallrote sechs Punkte auf einer glatten, weißen Oberfläche.

Vu Sinh war schon wieder seit einem halben Jahr an der Militärschule, als ihn plötzlich die Nachricht erreichte, daß das Künstlerensemble der Armee auf seiner Tournee in der Provinzhauptstadt eingetroffen war. Die Schulleitung erteilte ihm den Auftrag, beim Stab die Genehmigung für einen Auftritt des Ensembles in ihrer Kaserne zu erwirken.

„Wir sind vom städtischen Leben so gut wie ausgeschlossen. Unsere Soldaten haben bis auf ein paar alte Filme, auf denen kaum noch die Farbe zu erkennen ist, fast keine Abwechslung. Nehmen Sie also ihre ganze Überredungskunst zusammen und versuchen Sie, die Künstler hierher zu kriegen, um die Moral der Truppe stärken", sagte der Direktor zu ihm.

Mit dem Auftrag in der Tasche schwang sich Vu Sinh auf ein Motorrad mit Beiwagen und brauste in die Stadt. Der Chef der

Provinzstreitkräfte empfing ihn in seinem Privatzimmer, einem kleinen Raum in der zweiten Etage der Dienststelle. Von dort aus war das gesamte Militärgelände zu überblicken. An der Außenmauer zog sich ein See entlang, und zwischen den Kasernen und dem Stabsgebäude dehnte sich eine große Rasenfläche aus, auf der am Rande die Bühne des Künstlerensembles aufgebaut war. Dort sah man einige Männer arbeiten. Sie waren damit beschäftigt, die elektrischen Leitungen von den Verstärkern zu den an Pfählen hängenden kleinen Lautsprechern und zu den beiden Standmikrophonen auf der Bühne zu führen. Der rote Samtvorhang war rechts und links zusammengebunden. Ein paar seidene Spruchbänder wehten im Wind, blähten sich wie Segel. Ganz vorn auf der Bühne saß das Orchester und probte für den Auftritt. Ein Akkordeonspieler drückte ab und zu auf die Tasten, um den anderen Musikern einen Ton vorzugeben. Ein Trompeter, ein Hornist und ein Klarinettist standen abseits und spielten weich und wohlklingend ein kleines Musikstück, das dem Säuseln des Windes in weiter Flur ähnelte. Dann kamen die Schauspielerinnen. Ihr unbeschwertes Äußeres und ihre jungen, schlanken Körper in den farbenfrohen Kostümen harmonierten mit dem Sonnenuntergang und ließen selbst das altmodische Stabsgebäude ein wenig heller erscheinen.

Vu Sinh nahm all diese Eindrücke mit ein wenig Aufregung und klopfendem Herzen wahr, obgleich er sich den Grund nicht erklären konnte. Vor vielen Jahren, als er noch ein Junge war und im Jugendverband tätig, hatte er als Gitarrenspieler und begeisterter Sänger oft die Lieder der Befreiungsbewegung vorgetragen:

„Und wieder zieht die Armee aus, die Heimat zu verteidigen. Nie haben wir uns gefürchtet in unserem gerechten Kampf. Es geht hinaus, es geht hinaus, unser Vaterland zu rächen.“

Dann, nachdem er der schönen Thai in den Bergen von Tay Bac begegnet war, sein Herz sich geöffnet und er ihre Silhouette aufgenommen hatte, änderte sich sein Geschmack. Er schwärmte von zarten Melodien, und die Vorstellung, ihr noch einmal zu begegnen, fand er am ehesten in den verträumten Worten des Liedes „Das Lächeln der Berge“ wieder:

Ich werde nie den Frühling vergessen,
als wir auseinander gingen.
Trübe Wolken umhüllten die Berge.
Oh, meine Liebe hinter den grünen Bergen,
meine Leidenschaft für dich wird nie vergehn.
Ich sehne mich nach dir, nach deinem grünen Gürtel, nach deinem schneeweißen Mieder, nach deinem funkelnden Armband.
Und ich sehne mich nach deinem zauberhaften Lächeln

Die Zeit vergeht, wie im Flug... Sie kehrt niemals zurück... Jetzt sang man schon wieder andere Lieder. Obwohl es ein einfaches Musikstück war, das die Bläser dort auf der Bühne spielten, kam bei Vu Sinh diese seltsame Stimmung auf, die einer Frage ähnelte, die niemand beantwortete, oder einem Verdurstenden, der die Quelle nicht finden kann, um nach Herzenslust zu trinken.

Der Chef der Provinzstreitkräfte blickte in das verwirrte Gesicht von Vu Sinh:

„Woran denken Sie? Rauchen Sie erst mal eine Zigarette...“

Er holte eine Packung der Sorte „Thu Do“ heraus, riß die Silberpapierfolie auf und bot sie Vu Sinh an.

„Ich weiß zwar, daß es bei Ihnen an der Schule an gutem Tabak nicht mangelt, aber nehmen Sie ruhig mal eine von diesen... Gibt es in der Ausbildung irgendwelche Probleme? Sie haben doch ganz sicher einen Grund, warum Sie mich sprechen wollen?“

„Natürlich. Zu Befehl, Genosse, die Männer unserer Ausbildungsschule wollen...“

„Ich weiß, ich weiß schon. Sie wollen, daß die Künstlergruppe an einem Abend eine Vorstellung gibt, nicht wahr?"

Der Offizier war Vu Sinh ins Wort gefallen und zeigte sich äußerst verständnisvoll:

„Ich habe bereits mit dem Leiter der Gruppe gesprochen. Der Zeitplan für die nächsten Auftritte lautet wie folgt: heute und morgen treten sie hier auf, übermorgen fahren sie zur Artillerieeinheit ‚Roter Stern'. Danach kommen sie zu euch. Sorgen Sie für einen ordentlichen Empfang, für angemessene Verpflegung und Unterkunft. Beim kleinsten Vorfall können sich ihre Männer ein Jahr lang in Verzicht üben. Ist das klar?"

„Jawohl, Genosse! Klar!", antwortete Vu Sinh.

„Gut. Ich muß um sieben zu Hause sein..." Während er sprach, erhob sich der Chef der Provinzstreitkräfte. „Ich will meine Frau und die Kinder abholen. Sie wollen die Theaterveranstaltung auf keinen Fall versäumen. Eine Mahlzeit kann schon mal ausfallen, aber ein Theaterbesuch, den es hier nur alle halbe Jahre gibt..."

Er nahm seine Mütze.

Draußen verabschiedete sich Vu Sinh. Er schwang sich auf sein Motorrad und fuhr los. Als er das Stadttor erreicht hatte, hörte er das Motorgeräusch des Autos seines Vorgesetzten hinter sich.

Nachdem Vu Sinh mit der freudigen Nachricht vom baldigen Auftritt des Künstlerensembles zurückgekehrt war, begannen die Soldaten erwartungsfroh mit den Vorbereitungen, so als stünde ein Feiertag bevor. Alle Kompanien wurden in Gruppen aufgeteilt, um die unterschiedlichsten Arbeiten zu erledigen: Säuberung der sanitären Anlagen, Herrichten der Gästezimmer mit Betten und Matten, Reinigen der Außenreviere, Streuen von weißem Kies, Gießen der Pflanzen und kleinen Grünflächen im Innenhof sowie Aufstellen von weißblühenden Chrysanthementöpfen auf der Veranda des Gästehauses. Die Verwaltung legte fest, welche Schweine geschlachtet werden und diskutierte dann über die Speisepläne für das Mittag- und Abendessen: Sollten sie Reissuppe servieren oder Wurstpastete, oder aßen die Schauspieler doch lieber Nudelsuppe nach der Vorstellung? Die jüngsten unter den Soldaten zeigten die größte Begeisterung, man konnte sie ihnen direkt von den Gesichtern ablesen. Seit ihrem Eintritt in die Schule hatten sie wahrlich keine großen kulturellen Ereignisse erlebt, außer ein paar Filmabenden, Karten- und Würfelspielen, Schach...

Das militärische Künstlerensemble traf drei Tage später, um neun Uhr, ein. Zuerst kam ein Auto mit den Schauspielern, dann ein LKW, der mit den Kulissen, dem Vorhang, der ganzen Elektrik, den Projektoren und anderen Theaterutensilien beladen war. Mit Hilfe der abkommandierten jungen und kräftigen Soldaten war die Bühne sehr schnell aufgebaut. Anschließend zeigte man den Schauspielerinnen ihre Zimmer, in denen sie sich waschen und ein wenig zurechtmachen oder sich ausruhen und auf die Vorstellung vorbereiten konnten.

Nachdem die Damen alles erledigt und ihre Zimmertüren verschlossen hatten, begannen die Herren Schauspieler und Techniker mit ihrer Toilette.

Vu Sinh war aufgefallen, daß sowohl die Frauen als auch die jungen Mädchen der Theatergruppe von ihren männlichen Kollegen sehr zuvorkommend behandelt wurden, als befänden sie sich in einer neuen Familie. Das Verhalten der Männer erinnerte ihn an seine eigenen Vorstellungen und Sehnsüchte von Harmonie im persönlichen Leben. So kam es, daß er sofort das Gefühl hatte, irgendeiner Frau der Gruppe behilflich sein zu wollen: dem jungen Mädchen dort die Hand zu reichen, als sie über den kleinen Graben sprang, oder einer jungen Frau das Wasser aus dem Brunnen zu schöpfen und es in die Emailleschüssel zu gießen, damit sie ihr Gesicht waschen konnte, oder aber ganz in Ruhe zu warten, bis die Frauen und

Mädchen ein paar Kleinigkeiten gewaschen, aufgehängt und sich schließlich zurückgezogen hatten, um dann erst an seine eigenen Bedürfnisse zu denken…

Über diese Gedanken sprach er mit niemandem.

Bis zum Beginn der Abendveranstaltung war Vu Sinh mit anderen Dingen beschäftigt. Vom Mittag an saß er mit einem Ausbildungsoffizier der Schule zusammen, der gerade aus dem Ministerium zurückgekommen war und neue Instruktionen mitgebracht hatte. Um am Abendessen mit den Schauspielern teilzunehmen, blieb ihm keine Zeit mehr.

Dann hatte er dienstfrei. Er setzte sich zu den anderen und wartete auf den Beginn der Veranstaltung. Genauso wie die meisten der jungen, ledigen Soldaten zitterte er förmlich, als die zarten und anmutigen Frauen und Mädchen im Halbdunkel die Bühne betraten. Neue Hoffnungen stiegen in ihm auf. Konnte es nicht sein, daß unter den wunderschönen weiblichen Wesen gerade das eine dabei war, nach dem er sich schon eine Ewigkeit gesehnt hatte? … War es nicht möglich, daß der Wunsch eines einsamen Mannes, dem die Liebe noch nicht begegnet war, obwohl er immer wieder darauf gehofft hatte, gerade heute erfüllt würde und sein Leben veränderte?

Als die beiden großen Scheinwerfer eingeschaltet wurden, waren die Zuschauer geblendet. Auch Vu Sinh hielt so lange den Kopf gesenkt, bis ein Techniker sie in die richtige Richtung gedreht hatte. Jetzt war die Bühne hell erleuchtet. Nachdem der rote Samtvorhang nach beiden Seiten geöffnet und befestigt worden war, sah man die Schauspieler im vollen Rampenlicht stehen. Ganz bestimmt mußten sie über eine besondere Begabung verfügen, um sich im grellen Licht der Scheinwerfer zwanglos zu bewegen… Vu Sinh bewunderte sie. Er nahm sich eine Zigarette und rauchte.

„Man sagt, daß die Mädchen dieses Ensembles besonders schön sind, noch schöner als die in der Politischen Hauptverwaltung“, flüsterte der stellvertretende Batallionschef Vu Sinh zu, nachdem er ihn mit dem Ellenbogen angestoßen hatte. Vu Sinh nickte.

In diesem Moment hörte man eine Glocke schlagen, die den ersten Auftritt ankündigte. Eine Ansagerin, bekleidet mit einer Uniform, die eigens für Frauen in Kultur- und Theatergruppen bei der Armee bestimmt war, betrat die Bühne. Sie war noch sehr jung und hatte eine recht unbeholfene und kühle Ausdrucksweise, die nicht besonders gut bei den Soldaten ankam. So richteten sie ihre Aufmerksamkeit weniger auf den Text als auf die blendende Figur und das hübsche Gesicht. Amüsiert beobachteten sie die beiden schwarzen Zöpfe, die beim Reden hin- und herwackelten und die das junge Mädchen wie eine große Puppe erscheinen ließen.

Ein Solist mit einer tiefen ausdrucksvollen Stimme, begleitet von einem Chor, eröffnete das Programm mit dem Lied „Die Partisanen vom Fluß Thao". Danach folgten weitere Gesangsnummern, abwechselnd von Männern und Frauen vorgetragen, sowie Folkloretänze der ethnischen Minderheiten aus Tay Nguyen, Cham Rong und Ca Tu.

Nach den Tänzen betrat eine zweite Ansagerin die Bühne. Anders als ihre Vorgängerin, hatte sie einen mehr fraulichen, aber schlanken Körper. Die glänzenden, pechschwarzen Haare fielen sanft von ihren Schultern auf den Rücken. Sie hatte große, dunkle und ein wenig traurige Augen und begrüßte die Zuschauer mit einer angenehmen, klaren Stimme und einem warmen Lächeln. Obwohl sie fast die gleichen Worte benutzte, ähnliche Programmteile ankündigte, die sie kurz und knapp oder in gereimter Form vertrug, war sie auch in ihrer Ausstrahlung nicht mit der großen Puppe zu vergleichen. Durch ihr anmutiges und warmherziges Auftreten konnte sie die Zuschauer für sich einnehmen und in eine andere Welt entführen, eine reiche und prachtvolle Welt, aufregend und ungewiß. Noch nie zuvor hatten die Soldaten einer Ansagerin so herzlichen Beifall entgegengebracht. Mit Sicherheit waren sie sowohl von ihrer Schönheit als auch von ihrer Ausstrahlungskraft, ihrer ganzen Art und Weise fasziniert. Das führte dazu, daß der Beifall nicht nachließ und sie erneut auf die Bühne mußte. Von dieser Situation sichtlich überrascht, wiederholte sie ihre letzte Ansage und kündigte die schon auf der Bühne wartende Gesangsgruppe an.

Vu Sinh konnte sich wie zahlreiche andere Zuschauer kaum noch auf das laufende Programm konzentrieren. Fast fieberhaft wartete er auf den nächsten Auftritt der Ansagerin, auf ihre äußere Gestalt ebenso wie auf ihre weiche, zauberhafte Stimme. Als sie dann endlich auf die Bühne kam, trug sie nicht mehr die weibliche Militäruniform, sondern ein Ton in Ton gehaltenes Ensemble aus orangefarbenem Oberteil und Hose. Die Jungs sprangen vor Begeisterung auf, brüllten und schnalzten mit der Zunge... unfaßbar. Dann folgte donnernder Applaus, der sich wie eine Schallwelle um die Bühne legte. Die junge Frau verbeugte sich. Diese Geste strich ihre Bescheidenheit heraus, ihre aufrichtige Dankbarkeit, ließ aber auch eine im Inneren verborgene Traurigkeit erkennen. Von ihren Augen waren die Gedanken ablesbar, die sie bewegten: Wenn dieser Abend vorüber ist, der Beifall verklungen, Zuschauer und Darsteller sich Lebewohl gesagt haben, bleibt ihr alle hier, und ich ziehe zum nächsten Ort, werde dort wieder einen Auftritt haben und neue Verehrer. So wird es weitergehen, und ich werde immer älter. Dann wird ein anderes, jüngeres Mädchen meinen Platz einnehmen, und sie wird im Scheinwerferlicht stehen... Und wo werde ich dann sein...? Werdet ihr euch dann überhaupt noch an meinen Namen erinnern...?

Vu Sinh war überrascht, daß er auf diese eigenartigen Gedanken gekommen war. Sein Vater fiel ihm ein. Immerhin beschäftigte er sich auch nicht nur mit der Kraft der Heilkräuter, sondern war früher noch Literaturlehrer. Er besaß die Gabe, aus Kräutern heilende Medizin herzustellen und seinem Sohn dabei Gedichte von großen

Poeten vergangener Zeiten vorzutragen, wie die von Ly Bach, Do Phu, Cao Ba Quat oder Nguyen Cong Tru... Er erklärte ihm Silbe für Silbe und Strophe für Strophe von seinen Lieblingsgedichten. Damals war Vu Sinh gerade fünf Jahre alt. Heute konnte er sich an keines der Gedichte mehr vollständig erinnern. Am häufigsten fiel ihm aber ein Strophenpaar ein, das ihn besonders ansprach:

„Schaue ich nach oben, sehe ich das Licht des Mondes. Schaue ich nach unten, sehne ich mich nach meiner Heimat."

Dieses sentimentale und beunruhigende Wesen seines Vaters war es, das ihn angesteckt, das ihm ins Blut übergegangen war wie eine Erbkrankheit. Er hörte jetzt nicht mehr, was die Mädchen auf der Bühne sangen, wußte nicht, worüber sie lachten, sah nicht, was sie schmunzelnd in den erhobenen Händen hielten und den Zuschauern zeigten, und weshalb daraufhin die jungen Soldaten mächtig anfingen zu lachen. Er ging immer noch seinen Gedanken nach, die sich jetzt wieder mit den großen, schwarzen Augen und der geheimnisvollen Stimme der jungen Ansagerin beschäftigten. So wehten alle anderen Auftritte der Sänger, Tänzer und Musiker nahezu lautlos wie ein Windhauch an ihm vorüber. Er hatte nur Augen und Ohren für ihre Sprechbeiträge und betrachtete die außergewöhnliche Frau, die einen so starken Einfluß auf ihn ausübte und die mehr und mehr seine Neugier erweckte...

Plötzlich schloß sich der rote Vorhang. Ganz und gar in seinen Gedanken versunken, verstand Vu Sinh nicht, warum. Erst als ihm sein Nachbar mit der Hand auf den Oberschenkel schlug, kehrte er in die Realität zurück und hörte den stellvertretenden Direktor sagen:

„Wirklich gut. Sehr gut gemacht... Meiner Meinung nach reicht das Ensemble der Politischen Hauptverwaltung längst nicht an diese Gruppe hier heran."

Vu Sinh murmelte etwas Unverständliches vor sich hin.

Der stellvertretende Direktor bot ihm eine Zigarette an.

„Rauchen wir erst mal eine. Es wird einen Moment dauern, bis sie die Dekoration gewechselt haben und mit dem Theaterstück weitermachen. Wußten Sie übrigens, daß die Inszenierung, die wir gleich sehen werden, vom Verband der Berufsschauspieler der Armee im letzten Jahr mit einer Goldmedaille prämiert wurde?"

„Ach ja? Ich muß zugeben, daß ich auf die Kulturnachrichten gar nicht so geachtet habe."

Vu Sinh antwortete eher beiläufig und schaute sich dabei suchend um. Die Soldaten machten zufriedene Gesichter. Sie saßen, hockten oder standen und machten ihre Späße, lachten und waren in ausgelassener Stimmung. Hin und wieder schauten sie auf den zugezogenen roten Vorhang, warteten auf das Theater. Ein kräftiger Wind kam auf. Das Rauschen der Bäume auf den Hügeln drang weit ins Tal hinunter und verwandelte sich in Rascheln und Pfeifen. Vu Sinh fühlte sich plötzlich kalt. Er mußte niesen und erinnerte sich im gleichen Moment daran, daß er sein Taschentuch im Zimmer vergessen hatte. Er sprach seinen Nachbarn an:

„Ich muß mal rüber ins Haus und mir ein Taschentuch holen."

Der Offizier war überrascht:

„Und wie wollen Sie bei diesen Massen wieder zu ihrem Platz zurückkommen? Borgen Sie sich doch von irgend jemandem eins!"

Vu Sinh schaute sich unschlüssig um. Doch dann schüttelte er den Kopf und sagte energisch: „Ach was, wenn ich zu meinem Platz nicht mehr durchkommen sollte, dann muß ich eben stehen. Ich benutze nicht gern das Taschentuch von jemand anderem."

Vorsichtig tippte er einem Soldaten auf die Schulter, der neben ihm im Gras saß, bot ihm seinen Stuhl an und bahnte sich den Weg durch die Zuschauer hin zu den Unterkünften. In seinem Zimmer angekommen, nahm er sich ein Taschentuch und trank einen Schluck Tee.

Er hatte es nicht eilig, zur Freilichtbühne zurückzukehren, sondern machte einen kleinen Spaziergang zum Kasernentor und blieb schließlich am Wachturm stehen. „Derjenige, der heute Wache hat, ist wirklich zu bedauern. Wo wir gerade einmal im Jahr eine richtige Kulturveranstaltung haben…", dachte Vu Sinh.

In diesem Moment rief jemand mit freundlicher Stimme vom Turm herunter:

„Was machen Sie denn hier, Genosse Kommandeur. Warum sind Sie nicht bei der Veranstaltung?"

Vu Sinh lachte.

„Ich bin hier, um nachzusehen, ob ihr euren Dienst ordentlich verseht… Wer ist dort oben? Bist du es, Do?"

Der Soldat antwortete kurz und knapp:

„Jawohl, Chef."

Dann reckte er seinen Hals und hielt den Kopf so weit es ging nach unten:

„Zu Befehl, Chef, für meinen nächsten Urlaub habe ich mir fest vorgenommen, in die Kreisstadt zu fahren, um meinen Namen ändern zu lassen."

„Wozu das?"

„Ehrlich gesagt, muß ich es tun. Ich heiße Do und das heißt Rot und soll eigentlich eine Farbe sein, die Glück bringt. In Verbindung mit der Silbe ‚so' bedeutet ‚SO DO' ja bekanntlich: glückliches Schicksal! Was mich betrifft, habe ich allerdings ein ziemlich finsteres Schicksal. Ausgerechnet an dem einen Tag im Jahr, wo hier ein ordentliches Kulturprogramm läuft, muß ich Wache schieben."

Vu Sinh mußte lachen.

Do sprach weiter:

„Und nun stehe ich hier und spitze die Ohren wie ein Blinder, der jemanden singen hört. Aber Sie, Chef, warum stehen Sie eigentlich noch hier, geh'n Sie wieder zur Bühne rüber! Das Theaterstück wird gleich anfangen. Es wurde mit einer Goldmedaille ausgezeichnet…"

Der Kommandeur erwiderte:

„Weißt du was? Ich werde für dich die Wache übernehmen und du kannst dir dafür das Theaterstück ansehen."

Do traute seinen Ohren nicht.

„Habe ich richtig verstanden, Sie übernehmen die Wache?"

Vu Sinh antwortete lachend:

„Du hast vollkommen richtig verstanden. Ich halte jetzt Wache. Immerhin habe ich die eine Hälfte des Programms gesehen, geh du nun und sieh dir die andere Hälfte an. Dann sind wir beide quitt: du hast die Sänger gehört, und ich höre jetzt die Schauspieler."

Do war außer sich, er machte einen Luftsprung.

„Ich fasse es nicht. Der Kommandeur meint es wirklich ernst. Das ist wirklich einmalig. Ich hab'doch ein glückliches Schicksal!

Nachdem ich die Finsternis überstanden habe, steht mir nun das Glück ins Haus…"

Er kam vom Turm herunter, übergab Vu Sinh sein Gewehr und lief freudig zur Bühne hinüber.

Vu Sinh blieb allein in der Dunkelheit zurück. Er holte eine Zigarette heraus, dachte aber im gleichen Moment an die Vorschrift, die den Soldaten das Rauchen während der Wache nicht erlaubte und steckte sie notgedrungen wieder ein. Er schaute in den Himmel zu den winzigen, ein wenig verschleierten Sternen und beobachtete die sich im Wind hin und her bewegenden Baumwipfel über den Dächern. Die Vorstellung hatte noch nicht wieder begonnen. Aus Richtung Bühne drangen unverständliche Geräusche der Zuschauer an sein Ohr. Sehen konnte er niemanden. Ringsum lag alles im Dunkel, ausgenommen einem Lichtschein von der Bühne, der einen kleinen Teil des Himmels erleuchtete. Hinter diesem hellorangenen Lichtstrahl berührten sich die Schatten der sich wiegenden Bäume und bewahrten die Stille der Nacht. Von Zeit zu Zeit wehte ein frischer

Wind aus Nordosten, der nicht nur die Bäume und Gräser, sondern auch das Herz Vu Sinhs in Bewegung versetzte. Der junge Mann stand auf dem Wachturm und versuchte, sich an die Gedichte zu erinnern, die ihn sein Vater in seiner Kindheit gelehrt hatte. Zugleich hielt er Rückschau auf sein farbloses Leben, immer noch in der Hoffnung auf Veränderung. Und seine Gedanken drehten sich erneut um die ungewöhnliche Ansagerin... Doch alles schien verworren, nicht greifbar, wie ein ständiges Kommen und Gehen. In diesem Moment sah er einen Schatten näherkommen:

„Wer ist dort? Stehenbleiben!"

Vu Sinh rief mit gedämpfter, aber fester Stimme.

„Ich, eine Schauspielerin aus dem Künstlerensemble der Armee. Gestatten Sie, Genosse, ich möchte für einen Moment zu dem Berg dort drüben."

Die Antwort kam sofort. Sie war klar und deutlich, als hätte ein Soldat sie gegeben. Vu Sinh erschrak. Seine Finger umklammerten den Gewehrkolben. Er hatte sie erkannt! Es war die Ansagerin. Genau die, über die er schon den ganzen Abend nachgedacht hatte, die ihm so viele Rätsel aufgegeben hatte...

Als keine Antwort kam, trug die junge Frau ihre Bitte nochmals vor:

„Gestatten Sie, Genosse, daß ich gehe?"

Nach kurzem Nachdenken erwiderte Vu Sinh:

„Sie dürfen gehen. Aber Sie müssen vor dem Ende der Veranstaltung zurück sein."

„Verstanden", antwortete sie.

Dabei schlug sie militärisch exakt die Hacken zusammen und ging in Richtung Kasernentor. Vollkommen fassungslos und mit sehnsüchtigen Augen schaute Vu Sinh vom Turm hinter ihr her. Je näher sie dem Tor kam, um so unruhiger klopfte sein Herz, geradeso, als würde sie ihm mit dem Verlassen der Kaserne verlorengehen. In seinen Ohren begann es zu dröhnen, sie wurden immer heißer. In diesem Moment rief er laut und deutlich, mit ziemlich herber Stimme:

„Hören Sie, Genossin…"

Erschrocken blieb die junge Frau stehen. Sie machte kehrt und kam zum Wachturm zurück. Im Schein seiner Taschenlampe konnte er ihr Gesicht genau erkennen. Sie fragte verblüfft:

„Sie haben mich gerufen, Genosse?"

Vu Sinh antwortete:

„Ja. Sagen Sie mir bitte, welchen Grund gibt es, daß Sie zu dem Berg gehen wollen?"

„Ich möchte nur ein wenig spazierengehen, die frische Luft genießen", erwiderte sie.

Vu Sinh spürte, daß sein Ton ein wenig zu scharf, ja beinahe unhöflich in dieser Situation gewesen sein mußte. Er bemühte sich um etwas mehr Leichtigkeit in der Stimme, aber es gelang ihm nicht.

„Meiner Ansicht nach sollten Sie nicht gehen, Genossin… Weil… es auf diesem Weg in der Nacht viele Schlangen gibt. Erst vorige Woche haben wir gleich mehrere davon gefangen, drei Kobras und eine Viper."

Die Ansagerin lehnte sich an den Wachturm. Im Schatten der Dunkelheit schaute sie auf das Gesicht des Wachhabenden: es war das Gesicht eines Mannes, eines Offiziers, nicht etwa das eines Soldaten, das hatte sie sofort an seinem ernsthaften Auftreten gespürt. Um ganz sicher zu gehen, sah sie sich nun die Uniform des Mannes an:

„Genosse Hauptmann, warum halten Sie hier Wache?" rief sie erstaunt aus.

„Ich vertrete einen Offiziersanwärter. Er interessiert sich mehr für das Theaterstück als ich", antwortete Vu Sinh.

Die Ansagerin lachte hochherzig:

„Das heißt also, Sie mögen kein Theater?"

Jetzt lachte Vu Sinh auch:

„Doch, schon. Aber Tanz und Gesang gefallen mir besser."

Die Unterhaltung war inzwischen lockerer geworden. Die Ansagerin sah Vu Sinh an, stieß einen tiefen Seufzer aus und sprach nun in einem fast vertraulichen Ton:

„Und mir macht es Spaß, auf den Berg zu steigen, besonders dann, wenn der Mond aufgeht. Wenn man Abend für Abend im Scheinwerferlicht steht, ist man wie geblendet, man hat keine Chance, den Mond zu erkennen."

Als sie für einen Moment die Augenlider senkte, sah Vu Sinh einen Hauch von Müdigkeit in ihrem ein wenig runden, aber sehr gleichmäßig geformten Gesicht aufkommen. Vu Sinh dachte an die erregenden Momente, die ihr Anblick auf der Bühne bei ihm ausgelöst hatten. Er sagte:

„Das glaube ich... Ich glaube überhaupt, daß Ihre Arbeit sehr anstrengend ist."

Diese Worte klangen aufrichtig und warmherzig. Die Ansagerin schaute Vu Sinh daraufhin ein wenig verwirrt an, bis sie ihren Mund zu einem verschmitzten Lächeln öffnete:

„Oh, Sie wissen also, daß es nicht nur ein bißchen Singen, Tanzen und Musizieren ist?"

Vu Sinh betrachtete die gleichmäßig geschwungene Form ihrer Lippen. Er dachte: „Wie reizend sie lächelt!" Für einen Moment hing er diesem Gedanken noch nach, ehe er sich an ihre letzten Worte erinnerte, dann erwiderte er:

„Viele denken so, weil sie nichts von dieser Arbeit verstehen. Aber ich weiß, wovon ich spreche."

„Dann arbeiten Ihre Frau oder Ihre Tochter wohl im gleichen Metier wie wir?" fragte sie.

„Nein."

Diese kurze und brüske Antwort von Vu Sinh beleidigte sie ein wenig. Doch er nahm sofort den weichen Tonfall wieder auf und sprach weiter:

„Ich habe die Künstler genau beobachtet... Ich habe Sie auf der Bühne gesehen... Und da ist es mir klar geworden."

„Das hat er ganz gewiß nicht aus Höflichkeit gesagt, auch nicht, um sich bei mir interessant zu machen", dachte sie bei sich und sah ihm direkt in die Augen. Es waren schöne braune Augen, in einem markant geformten Gesicht. Sein Blick war offen und kühn, doch sie glaubte, eine verborgene Unruhe darin zu entdeckten.

Das Theaterstück war inzwischen in vollem Gange. Die Dialoge drangen bis zu ihnen vor.

Die Ansagerin holte tief Luft und sprach:

„So ist er, unser Beruf. Man kann fröhliche Momente erleben und auch traurige. Und man führt irgendwie das Leben eines Vogels: mal treten wir im Grenzgebiet auf, mal sind wir auf einer Insel. Wir werden bewundert und..."

Mitten im Satz brach sie ab. Sie hob die Hand und betrachtete ihre schlanken Finger mit den rosa lackierten Nägeln. Vu Sinh sah sie an und bemerkte, wie traurig ihr Gesicht plötzlich aussah. Er beeilte sich, das Gespräch fortzusetzen:

„Ich kann leider keine Gedichte schreiben, aber ich bin davon überzeugt, daß jeder, der etwas von Poesie versteht, beim Anblick der Mädchen geradezu inspiriert wird, ein Gedicht über sie zu schreiben... Sicherlich hat man Ihnen schon viele Gedichte gewidmet."

In diesem Moment hob die junge Frau ihren Kopf und schaute Vu Sinh unverwandt an, so, als wollte sie irgendein Geheimnis in seinen Augen aufspüren. Aber was sie in seinen schönen braunen Augen fand, war wieder dieser traurige, liebevolle und unruhige Ausdruck, den sie nicht deuten konnte. Um die Verlegenheit zu überbrücken, atmete sie tief durch. Dann sagte sie:

„Es ist nicht so, wie Sie denken... Überhaupt nicht..."

Vu Sinh protestierte eifrig.

„Aber sicher doch. Ich bin davon überzeugt, daß es so ist."

Die junge Schauspielerin schüttelte den Kopf und sah ihn lächelnd an:

„Wie heißen Sie, großer Bruder?"

„Ich heiße Vu Sinh."

„Und ich Hanh Hoa."

Es war das erste Mal, daß sie ihn „großer Bruder" nannte. Vu Sinh war das in diesem Moment gar nicht aufgefallen, vielmehr veranlaßte ihn die aufgelockerte Stimmung, ganz unverblümt zu fragen:

„Könnte ich Ihnen nicht schreiben, Hanh Hoa?"

Sie antwortete mit einem Lächeln:

„Wozu das denn...? Aber bitte, wenn Sie unbedingt wollen. Wir bekommen pausenlos..."

Sie hielt ganz plötzlich inne. Ihre halb scherzhafte, halb gleichgültige Antwort schlug sich augenblicklich im Gesicht von Vu Sinh nieder. Es schien ihr, daß sich in seinen Augen ein wildes Feuer der Eifersucht entzündet hatte. Anscheinend fühlte er sich verletzt, hatte sie eine offene Wunde getroffen. Regungslos stand sie da und fragte sich: „Mein Gott, was habe ich getan? Ich kenne ihn doch gar nicht! ... Was weiß ich überhaupt von ihm?" All diese Fragen rasten in Sekundenschnelle durch ihren Kopf.

Aber sie fand keine Antwort.

Vu Sinh schwieg.

Hanh Hoa konnte die Stille kaum noch ertragen. Verwirrt sagte sie:

„Ich habe nur Spaß gemacht... Manchmal bekommen wir nach einer Vorstellung Post von Zuschauern mit Anregungen und Empfehlungen für dieses oder jenes Programmteil..."

Ihre Stimme zitterte. Sie verstand selbst nicht, warum sie sich so aus der Ruhe hatte bringen lassen. Seit vier Jahren hatte ihr niemand und nichts die alltägliche Natürlichkeit, Frische und Ausgeglichenheit nehmen können. Wie alle anderen Schauspielerinnen brauchte sie diese Eigenschaften, um den Leidenschaften und Begeisterungsstürmen der Zuschauer gewachsen zu sein.

3

Der Mensch gewöhnt sich an alles. Man muß ihm nur genügend Zeit dafür geben. Mit der Zeit erträgt er es, daß seine Füße, die nur ans Barfußgehen gewöhnt sind, auch in enge Schuhe passen. Er begreift, daß seine Hände nicht nur dazu da sind, sich damit die Haare zu kämmen oder die Falten in der Kleidung glattzustreichen, sondern auch, um mit Hacke und Pflug umzugehen... Natürlich ist diese Anpassung nicht leicht, und ihre Dauer ist immer abhängig vom Charakter des einzelnen Menschen...

Die ersten drei Monate nach ihrer Scheidung kamen Luu wie ein Trauma vor. Sie hatte das Gefühl, alles verloren zu haben. Gewiß, sie konnte ihrem Mann nichts vorwerfen. Er hatte alle Fragen in beiderseitigem Interesse geregelt und sie dabei so großzügig behandelt, wie es kein anderer Mann in einer ähnlichen Situation getan hätte. Dennoch, jedesmal wenn er kam, um die Kinder zu besuchen, und wenn sie sah, wie die beiden Kleinen ihm mit weit ausgestreckten Armen entgegenliefen, um sich auffangen zu lassen, fühlte sie einen dicken Kloß im Hals. Wenn sie dann die Arekapalme im Hof betrachtete, die sich im Wind hin und her bewegte, oder den Duft der

Drachenkrallenblume einatmete, bedauerte sie, was geschehen war, und verfiel in tiefe Traurigkeit.

Alles sähe ganz anders aus, wenn sie sich geliebt hätten! ... Was wäre schon dabei gewesen, wenn sie so weiter gelebt hätten wie bisher. Vielleicht wäre die Liebe doch noch gekommen. Ob fünf oder zehn Jahre unglücklich, was macht das schon. Sie hätte sich damit zufrieden gegeben... Aber all diese Spekulationen halfen ihr auch nicht weiter.

Die Arbeit lenkte sie von ihren Sorgen ab. Nach und nach legte sich ihr Selbstmitleid, sie fand ihre innere Ruhe wieder. Von nun an orientierte sie sich an denjenigen, die eine glückliche Ehe führten, und zog ihre Schlußfolgerungen: Warum soll ich das Glück nur den anderen überlassen? Man lebt schließlich nur einmal. Wenn schon einen Ehemann, dann auch einen, der mich liebt. Mit einem gleichgültigen Mann zu leben ist geradeso, wie die schönsten Jahre seines Lebens zu vertun... Tief im Innern spürte sie, daß sie das Glück noch finden würde. Sie war jung, gesund, und ihre Haut war noch so straff wie die Blätter der Maiskolben, die die reifen Körner umschließen. Sie war keine hübsche Frau, doch weit davon entfernt häßlich zu sein. Außerdem genoß sie durch ihre Arbeit Respekt und besaß ein ansehnliches kleines Häuschen mit Gemüse- und Blumengarten. So waren ihre Chancen, in naher Zukunft einem gutherzigen, natürlichen und liebevollen Mann zu begegnen, durchaus erfolgversprechend.

Was ihre unmittelbaren Lebensbedürfnisse betraf, wollte sie von nun an versuchen, ein freies und ungezwungenes Leben zu führen. Nahezu zehn Jahre hatte sie mit Vu Sinh und seinen Eltern unter einem Dach gelebt und dennoch ständig einen gewissen Abstand zwischen sich und den Schwiegereltern gespürt. Zwar hatte es äußerlich immer den Anschein gehabt, daß sie mit der Schwiegertochter sehr zufrieden waren. Aber im Stillen hielten sie sie für ungeschickt und primitiv, ihre Sprache für nicht fein genug, ihre Art zu kochen für schlecht..., kurz gesagt, sie entsprach nicht im geringsten den Vorstellungen, die sie von einer Frau für ihren einzigen Sohn hatten.

Aber Luu war vor allem auch eine Frau. Obwohl sie alle Anspielungen ignorierte, hatte sie genug Feingefühl, um beurteilen zu können, daß auch ihr Sexualleben davon beeinflußt war. Nach und nach kam sie zu dem Entschluß, etwas zu unternehmen, um ein bißchen Freude in ihr alltägliches Leben zu bringen: Sie nahm an Kultur- und Diskussionsabenden des Frauenverbandes teil. Sie versäumte keine Feierlichkeit, die der Kreisverband gemeinsam mit Armeeeinheiten veranstaltete. Sie besuchte Kriegsinvaliden und führte mit ihnen Gespräche. Sie unternahm Fahrten und machte in der Stadt Einkäufe. Und all diese kleinen Ereignisse, die warmherzigen Gespräche mit diesem und jenem, erweiterten ihren Horizont sowie ihre menschlichen und gesellschaftlichen Beziehungen, festigten ihren Stand als Funktionärin des Frauenverbandes...

Es waren noch nicht ganz fünf Monate vergangen, da sie nach der Scheidung in das kleine, von Vu Sinh gebaute Haus gezogen war, als ein junger Mann in ihr Leben trat. Er war fünf Jahre älter als sie, hatte einige Zeit als Statistiker in der Kreisbehörde gearbeitet und war dann zum Amt für Statistik in die Provinzhauptstadt versetzt worden. Auf dem Lande aufgewachsen, lebte er als Kind zwei Dörfer von Luu entfernt und war mit dem späteren Grundschullehrer, für den sich Luu kurze Zeit interessiert hatte, befreundet. Seine Mutter war sehr früh gestorben, der Vater hatte sich wieder verheiratet. Seine Stiefmutter brachte mehrere Kinder mit in die Ehe. Bevor die Kinder erwachsen waren, starb auch sein Vater. Wie selbstverständlich kümmerte er sich von nun an um seine Stiefgeschwister und half der Familie, so gut er nur konnte.

Er mühte sich um die tägliche Reismahlzeit, er flickte die Kleidung der Kinder, achtete auf ihre Sauberkeit, er lehrte sie praktische Dinge, er war immer für sie da. Er kam aus einer armen Familie und freute sich deshalb um so mehr, daß er seine ganze Kraft einsetzen konnte, um mit Luu ein gemeinsames Leben aufbauen zu können. Sein Name, Moc, war einfach und entsprach in gewisser Hinsicht seinem Charakter, denn Moc bedeutet soviel wie „unbearbeitet, in rohem Zustand“. Luu frohlockte. Sie spürte, daß dieser Mann genau der richtige war, genau der, auf den sie schon immer gewartet hatte. Als er das erste Mal bei ihr war, hatte er die ganze Zeit damit verbracht, ihr aus Bambusfasern ein Körbchen zu flechten, das sie für ihre Eßstäbchen benutzen konnte. Beim zweiten Mal grub er ihren Garten um und legte sorgfältig kleine Gemüse- und Blumenbeete an, die sie bislang nur oberflächlich hergerichtet hatte. Bei seinem dritten Besuch erklärte er ihr, daß man das Land hinter ihrem Haus dazu nutzen sollte, einen Schweinestall zu bauen für die Aufzucht einer Sau und zwei, drei Ferkeln, um immer genug Fleisch im Haus zu haben…

Seine Ratschläge erteilte er nie übereilt, sondern mit Ruhe und Bedachtsamkeit, mit der Sicherheit eines Familienoberhauptes. Und wenn er fertig war, schwieg er eine Weile, wartete konzentriert, vertrauenerregend und liebevoll, bis sie ihre Meinung gesagt hatte… In solchen Augenblicken fühlte Luu, daß ihr sonst so erregtes Herz zu einer unbeschreiblichen Ruhe zurückfand. Sie dachte daran, daß sie sich in neun Jahren Ehe mit Vu Sinh nicht einen einzigen Augenblick so wohl, so unbeschwert gefühlt hatte, wie an den Nachmittagen, die sie bisher mit Moc verbracht hatte. Während sie im Garten saßen und die in voller Blüte stehenden Blumen betrachteten, besprachen sie ihre Pläne. Früher hatte sie in all den Jahren nicht eine Sekunde lang das Gefühl, etwas Ansehen in der Familie zu haben. Vu Sinh hatte dafür überhaupt kein Gespür. Bei ihm mußte sie immer nur warten, sich fügen, sich in acht nehmen oder sich schämen. In ihrer neuen Beziehung war nun alles ganz anders. Und sie spürte eine vollkommen neue Kraft in sich aufsteigen. Es genügte schon die Andeutung „Ähm..." und Moc ging ihr sofort zur Hand, immer darum bemüht, Luu keinen Anlaß zur Klage zu lassen. Luu brauchte nur etwas unfreundlich zu sein und sich umzudrehen und zu gehen, schon war der dreißigjährige junge Mann die ganze Woche über beunruhigt. Er suchte eine Möglichkeit, Luu zu treffen, verstohlen ihre Hand zu nehmen und sich wieder mit ihr zu versöhnen...

Die fünfundzwanzigjährige Frau, Mutter von zwei Kindern, spürte zum ersten Mal, daß sie geliebt wurde und erkannte die Macht, über die sie mit dieser Liebe verfügte.

Im ersten Winter, den Luu allein in ihrem kleinen Haus verlebte, mußte sie sich mit zwei Seiten ihres neuen Lebens gleichzeitig auseinandersetzen: mit dem Alleinsein und mit der Sehnsucht nach körperlicher Berührung.

Der wie ein Pfirsich geformte gläserne Lampenschirm, innen mit kleinen Wasserbläschen bedeckt, erzeugte ein flimmerndes Licht, dessen orangeroter Schein das Zimmer erleuchtete. Ein mit roten Blumen und braunen Blättern bedruckter Vorhang verbarg das Doppelbett, das sie sich neu angeschafft hatte. Dies alles verbreitete eine anheimelnde Abendstimmung. Dazu kamen die dekorative Thermoskanne und das hübsche Teegeschirr auf dem Tisch. Beides wartete auf die Hand eines Mannes, der damit Tee brühte und ihn in die kleinen Tassen goß. Und nicht zuletzt die nach frischem Bambus duftende Wasserpfeife, die bisher noch niemand mit Wasser gefüllt hatte und aus der noch niemals Rauch aufgestiegen war. Sie befand sich neben dem Tisch und war ebenso sorgfältig hergerichtet wie alles andere im Haus, in der Erwartung auf lieben Besuch und auf kommende glückliche Tage, Monate und...

Luu blühte auf, ihre Körperformen rundeten sich wie bei einer jungen Wöchnerin. Sowohl ihre Kolleginnen im Frauenverband als auch die Nachbarn in ihrer Straße, alle schmunzelten und lästerten:

„Meine Güte Luu, du siehst ja aus wie eine Hahnenkammblume. Wenn du wieder heiratest, vergiß nicht, uns rechtzeitig Bescheid zu geben, damit wir die passenden Geschenke besorgen können…"

Ihre Antwort darauf war jedes Mal ein fröhliches Lächeln.

Innerlich wünschte sie sich diesen Tag sehnsüchtiger herbei als alle Nachbarn und Bekannten zusammen. Aber sie wagte noch nicht, mit jemandem darüber zu sprechen. Und was Moc betraf, er sah die Sache eher von der praktischen Seite. Er hatte den Tag der Hochzeit für Ende Januar geplant, gleich nach dem Tet-Fest. Das hing damit zusammen, daß nach seinen Berechnungen die Sau, die bei seiner Stiefmutter herangefüttert wurde, zu diesem Zeitpunkt ganz sicher ferkeln würde. Pro Stück rechnete er mit 40 Kilogramm. Bei sechs Ferkeln wollte er eins für den Hochzeitsbraten reservieren, ein zweites seinen Schwiegereltern zum Geschenk machen und die restlichen vier verkaufen. Ein Teil des Erlöses sollte für eine kleine Feier an seiner neuen Arbeitsstelle mit den Kollegen verwendet werden. Für das restliche Geld wollte er zwei neue Schweine und alle weiteren Utensilien für eine Aufzucht kaufen.

Diesen Plan besprach er mit Luu. Sie war einverstanden. Damit war für ihn die Sache klar. Er war nicht der Typ, der eine abgesprochene Angelegenheit immer wieder von neuem diskutierte. Jedoch für die junge Frau mit der späten Liebe wurde das tage- und monatelange Warten oft zur Qual. Luu hatte das Gefühl, daß jeder Tag und jede Stunde zu spät für sie waren, und sie wurde zunehmend nervöser. Nach neunjährigem gleichgültigem Zusammenleben mit Vu Sinh, der Geburt von zwei Kindern, die nicht aus Liebe gezeugt worden waren, wollte sie für die verlorenen Jahre jetzt endlich entschädigt werden. Moc war ein altmodischer Mann, ein Mann mit feststehenden Prinzipien. Er hielt sich voll und ganz an die Regeln seiner Eltern – und diese wiederum hatten sich an ihren Eltern und den Eltern der Eltern orientiert. Diese Regeln waren Moc schon in den Jahren gelehrt worden, als er mit seinem Hosenboden noch die Schulbank drückte: Bevor er nicht mit Luu verheiratet war, wagte er nicht den Schritt zum neuen Doppelbett von Luu, das sich hinter dem Vorhang mit dem glänzenden Dessin aus roten Blumen und braunen Blättern befand, und dessen einladender und verführerischer Duft den Raum erfüllte. Wenn er zu Besuch kam und sie nicht gerade im Garten oder in der Küche waren, dann saß Moc lediglich am Tisch. Liebevoll streichelte er die Hände von Luu. Ab und an küßte er sie auch leidenschaftlich, aber mehr nicht.

Es war zu Beginn des achten Monats des Mondkalenders, als sie sich entschlossen, das Datum für die Hochzeit festzulegen. Der Herbstmond schien hell und klar und schickte seine leuchtenden Strahlen hinunter auf die Erde. Luu saß neben Moc. Sie betrachtete den Mond mit einer gewissen Unruhe in Erwartung der kommenden Tage und Wochen. Der Jasminbusch neben der Veranda verbreitete einen angenehmen Duft. Auf der Straße spielten ein paar Kinder. Sie standen im Kreis und hielten sich bei den Händen.

Etwa vier Wochen später, im neunten Mondmonat, der schon etwas kühler war, saßen die beiden, mitten in der Woche, wieder in einer hellen Mondnacht auf der Veranda. Der Jasminbusch neben ihnen war schon verwelkt. Nur einzelne kleine Blüten hatten sich noch gehalten. Luu streckte ihre Hand aus und betastete die im Mondlicht weiß schimmernden Blüten. Sie pflückte sich eine und steckte sie sich ins Haar. Dann sprach sie Moc an:

„Die Zeit will einfach nicht vergehen. Es dauert geradezu eine Ewigkeit, bis ein Monat zu Ende ist."

Moc antwortete:

„Stimmt, mir kommt es auch so vor. Wie lange dauert es eigentlich noch bis zum Tet-Fest?"

Luu antwortete nicht sofort. Erst nach einigem Zögern fragte sie: „Und wenn wir uns ein wenig Geld leihen und unsere Angelegenheit noch vor dem Tet-Fest erledigen?"

Nach dieser Frage atmete Luu sichtlich erleichtert tief durch, so, als hätte sie es gerade geschafft, über eine Mauer zu springen, um endlich auf die Straße zu kommen. Sie legte eine Hand auf ihre Brust und verspürte den rasenden Herzschlag. Durch ihre Halsschlagader hämmerte das Blut. Plötzlich brannte es in ihrem ganzen Körper wie Feuer, von den Zehenspitzen bis zu den Haarwurzeln. Moc atmete zitternd. Er nahm ihre Hand:

„Ich würde es ja auch gern tun, aber ich habe Angst davor, daß man uns belächelt. Bei uns im Dorf ist es üblich, sich mit zwanzig oder einundzwanzig eine Frau zu nehmen. Und ich bin schon dreißig. Man wird sich entsetzt fragen, warum ich mir nun auch noch Geld borgen muß, wenn ich schon so spät heirate..."

Fast gleichzeitig stießen beide einen tiefen Seufzer aus, dann schwiegen sie. Der Mond stand über dem Dach. Er schien jetzt direkt auf die Vorderseite des Hauses. Das Licht drang ins Zimmer und ließ sich auf dem Vorhang nieder, hinter dem das neue Doppelbett stand.

Das Blumenmuster war nur undeutlich zu erkennen, es verschwamm im Mondlicht. Ein aus Nordost wehender kalter Herbstwind kam auf und brachte die Natur in Bewegung. Er verschob die Silhouetten, ließ neue entstehen und fügte andere wieder zusammen, geradeso, als befände er sich auf dem Meer und spiele mit den Wellen...

Es war der zehnte Monat des Mondkalenders, als Luu, die gerade an einem Projekt dreißig Kilometer entfernt von der Kreisstadt arbeitete, die Anweisung erhielt, sofort zu ihrer Behörde zurückzukehren. Luu war beunruhigt. Zuerst dachte sie, Moc habe sie benachrichtigen lassen, dann glaubte sie, daß die Schwiegereltern sie brauchten, da vielleicht die Kinder krank geworden waren... Die Ungewißheit zwischen froher Botschaft und schlechten Nachrichten machte sie ganz krank. So übergab sie ihre Arbeit einer Kollegin, setzte sich auf ihr Fahrrad und fuhr ohne Unterbrechung in die Kreisstadt. Gegen Mittag traf sie ein. Als sie das Sekretariat des Frauenverbandes betrat, war es gerade 14.00 Uhr. Die Buchhalterin strickte und las dabei eine Mitteilung des Finanzamtes. Luu fragte sie:

„Weißt du, wer veranlaßt hat, daß ich vorzeitig zurückkommen mußte?“

Das junge Mädchen hob den Kopf:

„Es war Schwester Hong Tham, was glaubst du wer sonst? Sie ist schon seit drei Tagen aus Hanoi zurück... Sie war hier im Büro, um einige Dinge zu erledigen, aber da sich heute der Todestag ihres Vaters jährt, hat sie sich den Nachmittag frei genommen für eine kleine Gedenkfeier. Du sollst gleich rüberkommen zu ihr, große Schwester, sie erwartet dich...“

Luu nahm ihr Fahrrad und machte sich achselzuckend auf den Weg.

„Eigenartig, sie wollte doch erst zum Tet-Fest wieder zurück sein,“ murmelte Luu vor sich hin.

Dann fuhr sie direkt zum Haus der Freundin. Hong Tham lebte mit ihrer Mutter zusammen. Da die Familie ihres Mannes in Vinh Phu wohnte, ungefähr 150 km von der hiesigen Kreistadt entfernt, konnten ihre Kinder die Großeltern nur selten besuchen. Der Ehemann von Hong Tham arbeitete in einem Büro, nur eine Bambushekke entfernt vom Haus des Frauenverbandes. Sie war Mutter von zwei Kindern, acht und fünf Jahre alt. Ihre Mutter war mit sechzig Jahren noch gesund und gut bei Kräften. Sie kümmerte sich um die Kinder und das Essen.

Im Haus der Familie waren ständig Gäste anzutreffen: mal waren es wichtige Bekannte des Mannes, mal hatte Hong Tham hohen

Besuch, oder die Kinder luden sich Freunde zum Spielen ein. Durch die vielen Leute, die ungezwungen ein- und ausgingen, sah es im Haus ständig unaufgeräumt aus. Überall lag etwas herum – Haushaltsgegenstände, Kleidungsstücke, Schreibutensilien... Nahezu jeder Platz war belegt. Jedesmal, wenn Luu kam, mußte sie mindestens eine Stunde bei der Freundin aufräumen, erst dann war wieder einigermaßen Ordnung im Haus. Hong Tham bedankte sich bei Luu und freute sich über die aufgeräumten Zimmer. Da sie selbst jedoch sehr nachlässig war, hielt das nicht lange vor. Das führte nicht selten auch dazu, daß Hong Tham völlig entnervt zwischen ihrer Wohnung und dem Büro hin- und herlief, weil sie ein offizielles Schreiben verlegt hatte, das sie schließlich am Kopfende unter der Bastmatte ihres Bettes vergessen hatte. Ein anderes Mal konnte sie ihren Schlüsselbund nicht finden und beschuldigte zuerst ihren Mann, daß er die Schlüssel mit in sein Büro genommen habe, dann die Kinder, die das Bund bei einem abendlichen Spaziergang verloren haben sollten... bis sie es schließlich in ihrer Tasche fand. Außer diesem kleinen Laster war Hong Tham eine Frau, die sich mit Leib und Seele sowohl für ihre Familie als auch für ihre Arbeit einsetzte. Von den jungen Frauen und Mädchen des Kreisverbandes wurde Hong Tham wegen ihrer Selbstlosigkeit und der Aufmerksamkeit, die sie jedem einzelnen widmete, sehr geachtet. Sie fand immer eine Möglichkeit, in schwierigen Situationen Hilfe zu leisten. Ihr kleines Arbeitskollektiv hielt jederzeit fest zusammen, arbeitete zuverlässig und fand sowohl bei der Kreisparteileitung als auch auf der zentralen Ebene des Frauenverbandes höchste Anerkennung.

An diesem Nachmittag war das Haus von Hong Tham wieder voller Gäste. Draußen im Garten waren die Kinder mit ihren Freunden. Sie hatten unter der Guave eine Bastmatte ausgebreitet und aßen von dem großen Tablett, das sie in die Mitte gestellt hatten. Sie hielten ihre

Schälchen in der Hand und fuchtelten mit den Stäbchen umher, kicherten, schwatzten, nahmen sich Fleisch und Klebreis und tafelten so richtig zufrieden wie Erwachsene. Obgleich das Tablett nur für sechs Personen gedacht war, hatten sich zwölf kleine Esser unter dem Baum versammelt. So war es denn kein Wunder, daß sie sehr bald um Nachschub an gedämpftem Klebreis aus der Küche Ausschau hielten.

Als Luu durch das Gartentor trat, riefen die Kinder durcheinander: „Guten Tag, Tante Luu! Guten Tag, Tante Luu…“

Luu lachte und nickte mit dem Kopf. Im gleichen Moment dachte sie an ihre beiden Kinder.

Bekleidet mit einer Hemdbluse, die Haare zu zwei Schnecken hinter den Ohren zusammengerollt, war Hong Tham gerade dabei, einige Anweisungen in der Küche zu geben. Als sie die Freundin erblickte, lief sie ihr eilig entgegen.

„Komm rein, komm rein. Ich warte schon seit Stunden auf dich…“

Luu streckte ihre Hand aus und sagte:

„Ich mußte schließlich die ganze Strecke mit dem Fahrrad fahren!“

Jetzt lachte Hong Tham verständnisvoll und nickte:

„Ja, natürlich, daran habe ich gar nicht gedacht. Jetzt aber schnell, wir wollen gerade essen. Alles wartet nur auf uns.“

Tatsächlich waren noch zwei freie Plätze am Tisch, als Luu und Hong Tham das Zimmer betraten. Bereits Platz genommen hatten zwei ältere Damen, Hong Thams Verwandte mütterlicherseits und eine Frau über vierzig mit ihrer sechzehnjährigen Tochter. Die Frau war die Vizepräsidentin des Provinzgerichtshofes. Sie trug die gleiche Art Hemdbluse wie Luu, nur war ihre nicht aus einfachem weißen Baumwollstoff gefertigt, sondern aus Popeline und mit kleinen Blumen bedruckt. Eine Spange hielt ihr Haar im Nacken zusammen. Die Tochter war ein halbwüchsiges, bläßliches und mageres Mädchen, deren knochiges Gesicht der Mutter ein wenig ähnelte. Nach dem gegenseitigen Vorstellen begann man mit dem Essen. Hong Tham füllte einen rosafarbenen Likör in sechs Gläser:

„Das ist 18-prozentiger Orangenlikör. Erheben wir unsere Gläser!"

Die Vizepräsidentin nahm ihr Glas zuerst und trank auf die Gesundheit der Anwesenden. Sie war eine außergewöhnliche Frau, deren selbstsicheres Auftreten voll und ganz mit ihrem Beruf übereinstimmte. Luu bewunderte solche Frauen. An ihrem Auftreten, ihrer Gestik, ihren klaren Augen und ihrer Stimme war etwas Besonderes, Feierliches und Eindrucksvolles, was Luu von keiner anderen Frau kannte. Während des Essens fragte Hong Tham ihren Gast fast ununterbrochen nach dem Stand von Gerichtsverfahren, die alle unmittelbar mit Klientinnen des Frauenverbandes zusammenhingen. Ihre Devise dabei war: die Verteidigung der Rechte der Frauen. Punkt für Punkt beantwortete die Juristin alle Fragen zu Urteilssprüchen und Paragraphen, zu außergewöhnlichen, noch nicht abgeschlossenen und umstrittenen Fällen. Schließlich wies sie darauf hin, wie die Zusammenarbeit zwischen Frauenverband und Gesetzgeber noch verbessert werden könnte. Hong Tham und Luu hörten aufmerksam zu und erkannten sofort, daß sie um eine wichtige Verbündete reicher geworden waren. Das Essen erwies sich in jeder Hinsicht als außerordentlich zufriedenstellend. Nur das junge Mädchen war unzufrieden. Es schmollte, da ihr die Mutter nicht erlaubte, den Orangenlikör zu trinken.

„Keinen Alkohol, bevor du nicht achtzehn bist", sagte sie zu ihrer Tochter.

Ihre Stimme klang ruhig und doch unwiderruflich, wie die eines Mannes. So schien es, als sei sie der Vater des Kindes und nicht die Mutter. Obgleich Luu große Hochachtung vor dieser Frau hatte, tat ihr das Mädchen leid. Sie nahm mit den Stäbchen ein appetitliches Stück Hühnerfleisch und reichte es ihr mit den Worten:

„Iß das und nimm dir noch vom Reis, kleine Nichte. Und hör auf deine Mutter. Zu meiner Zeit wurde nicht erst geredet. Ich bekam von meiner Mutter immer gleich eins mit dem Besen…“

Wohltuend nahm sie die Worte auf. Ihr finsterer Blick war verschwunden. Aus der schmollenden Halbwüchsigen war wieder das junge Mädchen mit den rosigen Wangen und dem eckigen, ein wenig knochigen Gesicht geworden.

Nachdem sie gegessen hatten, blieben nur noch drei Frauen im Zimmer zurück: die Vizepräsidentin des Provinzgerichtshofes, Hong Tham und Luu. Ohne Verzug richtete Hong Tham das Wort an die Juristin:

„Verehrte Schwester, das Problem, das wir jetzt an Sie herantragen, ist schwerwiegend und kompliziert. Ohne Ihre Hilfe werden wir es nicht erfolgreich bewältigen können.“

Die Frau nickte.

„Schließlich ist es unser Ziel, noch enger zusammenzuarbeiten.“

Hong Tham sprach weiter:

„In unserem Kreis liegen derzeit dreißig Scheidungsanträge vor. In den meisten Fällen hat der Ehemann eine Geliebte und behandelt seine Frau wie den letzten Dreck…“

Mit einem Mal drehte sich Hong Tham um, zeigte auf Luu und fuhr fort.

„Nehmen wir den Fall meiner Freundin hier. Sie ist hauptamtliche Mitarbeiterin des Kreisfrauenverbandes und war so naiv, ihre Unterschrift unter das Scheidungsurteil zu setzen.“

Luu bekam ein flammrotes Gesicht. Völlig sprachlos sah sie auf ihre Freundin. Auch in Hong Tham begann die Hitze aufzusteigen, jedoch nicht aus Scham, sondern vor Erregung wurden ihre Wangen knallrot und ihre Stimme überschlug sich fast:

„Ehrlich geagt, ich kann es immer noch nicht fassen, daß du so schwachköpfig warst. Ich war nur ein paar Monate nicht da und alles ist im Eimer. Wie konntest du nur innerhalb von zwei Monaten schon geschieden sein?! Hattest du denn überhaupt keine Augen im Kopf? Dein Vu Sinh hat eine Geliebte, eine hübsche fünfundzwanzigjährige Schauspielerin mit einem Kind. Ihr Mann hat sie vor vier Jahren verlassen...!"

Völlig verwirrt sah Luu die beiden Frauen an. Ihr rot angelaufenes Gesicht wurde erst weiß, dann leichenblaß. Niemand sprach mehr. Erst nach einer längeren Pause fuhr die Vizepräsidentin mit ruhiger Stimme fort:

„Beruhigen Sie sich und durchdenken Sie die ganze Sache noch einmal von Grund auf. Wenn Sie sich entschieden haben, sollte Ihre Freundin Berufung einlegen. Wir werden uns zu jeder Zeit für die Rechte der Frauen einsetzen."

Die Juristin schaute auf ihre Uhr und stand auf. Hong Tham führte sie ins Nebenzimmer, servierte Tee und bot ihr Sojagebäck und Reiskuchen an, den sie aus Hanoi mitgebracht hatte.

Die anderen Besucher, die sich längst vom Tisch erhoben hatten, waren in den Garten gegangen, um die frische Luft zu genießen. Luu war jetzt ganz allein im Zimmer: vor ihr die Reste des Festessens, das schmutzige Geschirr, die abgelegten Stäbchen. So wild und unordentlich wie auf dem Tisch sah es auch in ihrem Herzen aus. Bevor Luu hierher gekommen war, hatte sie ein ruhiges Leben geführt. Doch plötzlich war ein furchtbares Unwetter ausgebrochen und sie kam sich wie ein zerbrechlicher Papierdrachen vor, der in den Windböen hilflos hin- und herflatterte. Sie wußte nicht mehr, was die anderen gesagt hatten. Sie konnte keinen klaren Gedanken mehr fassen. Sie sah nur noch schwarze Punkte vor ihren Augen kreisen...

Nachdem die Gäste gegangen waren, ging Hong Tham in den Garten und bat die Kinder, das Geschirr und die Essensreste ins

Haus zu bringen. Dann zog sie Luu mit sich ins Nebenzimmer:

„Komm hier herein. Jetzt, wo wir unter uns sind, kannst du mir alles erzählen. Was ist denn überhaupt alles passiert in der Zeit als ich nicht da war? Da muß doch eine Menge zusammenkommen…"

Luu folgte ihr, und alles, was sie dann tat, lief nahezu mechanisch ab: Sie setzte sich und erzählte der Reihe nach, wie Vu Sinh den Zustand ihrer Ehe dargelegt und ihr die Scheidung vorgeschlagen hatte; wie sie dann die ganzen Tage und Nächte die Sache überdacht und ihm schließlich ihren Entschluß in einem Brief mitgeteilt hatte. Sie berichtete, daß der Scheidungsprozeß sehr schnell und ohne Komplikationen verlaufen war, dank der Vermittlung ihres Cousins, einem Richter. Während dieser Zeit hatte ihr Vu Sinh in der Nähe der Arbeitsstelle ein hübsches kleines Haus bauen lassen, und dort wohne sie seit ungefähr acht Monaten… Jedoch das Allerwichtigste, die weitaus größte Veränderung in ihrem Leben, ihre Liebe zu Moc, verschwieg Luu mit Absicht. Sie hatte das Gefühl, daß sie mit der Tatsache, kaum fünf Monate geschieden zu sein und bereits einen anderen Mann zu lieben, den sie so schnell wie möglich heiraten wollte, gegen die traditionellen Moralvorstellungen verstieß. Obwohl bereits alle Welt über sie und Moc Bescheid wußten und Luu eigentlich auch nichts bereute.

Nachdem sie Luu angehört hatte, sagte Hong Tham:

„Die Sache mit deinem Mann habe ich nur durch Zufall erfahren. Und ich muß sagen, er ist ziemlich clever. Er hat sich keine aus der näheren Umgebung der Unteroffiziersschule genommen, sondern eine aus dem Kulturensemble der Armee, das etwa 20 Kilometer von Hanoi seinen Sitz hat. Der jüngere Bruder der Leiterin des Kreisfrauenverbandes von Vu Ban ist auch in diesem Ensemble. Als er seine Schwester besuchte, erzählte er eine Menge Tratsch und Klatsch, und dabei fiel unter anderem auch der Name von Vu Sinh."

Luu ließ die letzten sechs Monate vor ihrer Scheidung in Gedanken vorüberziehen. Es war die Zeit, wo ihr Mann jede Berührung mit ihr vermied. Er gab ihr nicht einmal die Hand. Und seine Augen wichen immer wieder ihrem Blick aus, so als würde er irgendwo in der Ferne etwas suchen... Das war es also. Er hatte eine andere Frau gefunden, nach der er sich sehnte, die er in Gedanken umarmte und liebkoste. Das hieß, daß er die zehn Jahre mit ihr nur widerwillig und gelangweilt ertragen hatte. Das hieß, daß er längst wußte, was es bedeutet, sich leidenschaftlich zu küssen, daß er das Gefühl der Trunkenheit bei einer zärtlichen Berührung längst kannte, das sie erst in dem Moment erfahren hatte, als Moc ihre warme Haut berührte und mit heißen Küssen seine Liebe bezeugte. Der Gedanke daran, daß ihr Mann seine Liebe einer anderen Frau und nicht ihr geschenkt hatte, machte sie rasend, und die Eifersucht brodelte in ihr wie siedendes Wasser. Ein stechender Schmerz durchzog ihren Körper, so, als hätte man ihr gerade einen Finger abgeschnitten oder sie um das wertvollste Stück ihres Familienerbes beraubt. Luu schloß die Augen und stellte sich Vu Sinh neben dieser Frau vor, die sie nicht kannte, aber sie glaubte zu wissen, daß diese schöner war als sie, jünger und in jedem Fall besser gekleidet. Er streichelte diese Frau, war zärtlich zu ihr, küßte sie ebenso, wie Moc sie in den letzten Wochen gestreichelt, liebkost und geküßt hatte. Und während diese Frau in den reichhaltigen Genuß der Liebe ihres Mannes kam, saß sie zu Hause, kümmerte sich um die Kinder, wartete auf ihn voller Hoffnung und Sehnsucht. Plötzlich verwandelten sich all ihre leidenschaftlichen und glücklichen Empfindungen, die sie durch Moc erfahren hatte, in Gefühle des erbitterten Hasses und des stechenden Selbstmitleids gegen ihren verflossenen Ehemann. In diesem Moment spürte sie so tiefen Haß, daß sie sogar bereit gewesen wäre, Vu Sinh zu töten, wenn sie die Möglichkeit gehabt hätte.

„Woran denkst du? Was wirst du jetzt unternehmen?"

Die Fragen von Hong Tham rissen Luu aus all den wahnsinnigen

Gedanken, in die sie sich hineingesteigert hatte. Die Vorsitzende des Frauenverbandes spürte, wie sich ihr Herz zusammenzog vor dem Leid ihrer Freundin. Ungeduldig lief sie hin und her und murmelte:

„Wie kann man nur so gutgläubig sein, mein Gott, wie kann man nur...!"

Luu saß immer noch regungslos am Tisch und schwieg. In ihr brannte der Haß. Jetzt, da sie die Liebe gefunden hatte, empfand sie die neun Jahre, die sie an der Seite von Vu Sinh verbracht hatte, wie einen langen und bitteren Leidensweg. Sie war zu verblendet, um zu erkennen, daß Vu Sinh in diesen neun Jahren niemals eine andere Frau gehabt, sondern ebenso gelitten hatte wie sie. In Wahrheit hatte es ihn sogar noch härter getroffen, weil ihm die Situation ihrer Ehe viel eher bewußt geworden war und sein Gefühl viel stärker berührt hatte... Luu dagegen war eine einfache Frau, die wenig nachdachte und deshalb auch viel leichter auf eine Sache hereinfiel. Das war auch der Grund dafür, daß sie in diesem Moment vollkommen überzeugt war, Vu Sinh hätte sie jahrelang betrogen und er allein trage an ihrer unglücklichen Ehe die Schuld.

Hong Tham wartete noch immer auf eine Antwort von Luu. Schließlich fragt sie erneut:

„Nun, was schlägst du jetzt vor? Glaubst du nicht, daß es richtig wäre, die Scheidung anzufechten?"

Luu nickte.

„Ja."

Freudig erregt ergriff Hong Tham Luus Hand:

„Gut, dann setz so schnell wie möglich die Berufungsklage auf. Ich werde sie an das Gericht weiterleiten und die Genossen persönlich um eine möglichst schnelle Bearbeitung bitten. Man muß das Problem an der Wurzel packen und gleichzeitig als Beispiel für andere Frauen in ähnlichen Fällen aufziehen."

Als Hong Tham das einfältige und abwesende Gesicht der Freundin sah, sprach sie mit sanfter und tröstender Stimme:

„Es wird schon alles werden. Mach dir weiter keine Sorgen, meine Kleine."

Dann nahm sie Luu bei der Hand und führte sie ins andere Zimmer. Sie goß ihr Tee ein, schnitt ihr ein Stück Kuchen ab und gab es ihr in die Hand. Der Ehemann von Hong Tham sah das ungewöhnliche Benehmen seiner Frau, betrachtete Luu, die wie eine Statue dastand, und wußte sofort Bescheid:

„Oh mein Gott, bin ich satt, richtig reif für ein kleines Nickerchen."

Durch die weitgeöffnete Tür rief der Abteilungsleiter seinen Kindern zu, ihm die Hängematte für ein Schläfchen festzumachen.

Nachdem Luu ihren Tee getrunken hatte, brachte Hong Tham sie zur Tür. Sie drückte ihr nochmals fest die Hand, so als wollte sie ihre Kraft und Entschlossenheit auf Luu übertragen:

„Achte auf deine Gesundheit und grübele nicht so viel! Wir werden alles tun, um dein Glück zu verteidigen."

Luu nickte, stieg auf ihr Fahrrad und fuhr nach Hause. Dort angekommen, stellte sie ihr Fahrrad ab, schloß die Tür auf, legte ihre Tasche auf den Tisch und warf sich auf ihr Bett. Der von den Möbeln ausströmende Vanilleduft brachte sie plötzlich auf die Idee, sich in aller Ruhe in ihrem Zimmer umzusehen: Neben ihr lagen zwei Kissen, jeweils bestickt mit einer Taube, die eine rote Rose im Schnabel hielt; unter ihr stand das geräumige Doppelbett, vor ihr sah sie den wunderbar leuchtenden Vorhang mit roten Blumen und braunen Blättern bedruckt; das hübsche Teeservice stand auf dem Tisch und die Wasserpfeife aus Bambus… Alle diese Dinge bedeuteten für sie einen Hauch von Glück. Dieses Glück, von dem sie soeben einen Teil für immer verloren hatte. Verloren, wie das verzehrte Stück einer Frucht nach dem ersten Biß. Das Glück war für sie gleichbedeutend mit Moc. Wenn sie jetzt Berufung einlegte, hieß das, zu Vu Sinh zurückzukehren. Wie würde Moc reagieren? Selbstverständlich würde er sich sofort von ihr trennen. Moc war ein korrekter Mensch, der die Sitten respektierte und niemals gegen die Prinzipien der Moral verstoßen würde. Auch wenn er selbst darunter sehr litt, würde er sie verlassen... Luu dachte an die Zeit, als sie die Gemüsebeete anlegten und voller Stolz die gelben Blüten der selbstgezogenen Pflänzchen betrachteten. Sie erinnerte sich an die Abende im Mondschein, als der frische und anregende Duft des Jasmins über der Veranda lag. Sie spürte noch einmal die Wärme, die immer dann ihren Körper durchfloß, wenn Moc seine Hand ganz fest in ihren Nacken legte, sie dann ganz langsam den Rücken hinunterführte und sie an ihren runden Hüften sanft hin und her bewegte. Allerdings nur einen kurzen Augenblick, dann war er wieder der verlegene und schüchterne junge Mann und legte seine Hand schnell wieder auf ihre Schulter. Und Luu? Sie war jedesmal ein ganz klein wenig enttäuscht und dann doch wieder zufrieden. Ein anderes Mal, als sie sich ihre weiten Hosen hochgekrempelt hatte, um sich in einer Schüssel die Füße zu waschen, sah er sie erstaunt mit großen, sanften Augen an:

„Oh, wie weiß deine Oberschenkel sind! Genauso weiß wie bei den Mädchen aus Hanoi..."

Sein Kompliment hatte sie so freudig erregt, daß sie am ganzen Körper glühend heiß wurde... Alles, alles in diesem Haus erinnerte sie an ihr Glück, das sie schon fest in der Hand hatte. Sie brauchte nur noch bis zum Tet-Fest zu warten, und dann würden sie heiraten... Wozu sollte sie also Berufung einlegen? ...

So lag sie auf ihrem Bett und grübelte und hoffte darauf, daß Moc kommen würde. Es war schon zehn Uhr abends. In der Lampe auf dem Tisch war kein Öl mehr. Die Flamme war ausgegangen. Erst jetzt erinnerte sie sich, daß ihr Moc vor zwei Tagen mitgeteilt hatte, er werde mit einem Kollegen einige Genossenschaften im Kreis aufsuchen, um dort die Rechnungsbücher zu prüfen. Eine Woche bis zehn Tage werde er nicht da sein. Gleichgültig stand sie auf, wusch sich, verriegelte die Tür und schlüpfte unter die Decke.

Aber sie konnte keinen Schlaf finden. Schon hörte sie die ersten Hähne krähen. Von dem Moment an, da sie die Tür verriegelt hatte, bis sie die Stimmen der Kinder hörte, die zur Schule gingen, hatte sie kein Auge zugetan. Als sie zur Arbeit kam, erschraken ihre Kolleginnen über ihre eingefallenen Augen und das blasse Gesicht. Die Buchhalterin lachte und spottete:

„Nun ist Bruder Moc erst drei Tage nicht da, und schon können Sie vor Sehnsucht nicht mehr schlafen. Reifen Frauen scheint die Liebe mehr zuzusetzen als uns jungen Mädchen, was?"

Luu brachte nur ein gequältes Lächeln hervor, dann ging sie.

Als Hong Tham ins Büro kam, rief sie Luu sofort zu sich und fragte:

„Nun, hast du die Klage fertig? Zeig her!"

Luu schüttelte den Kopf:

„Noch nicht. Ich hatte gestern abend wahnsinnige Kopfschmerzen."

Hong Tham kniff die Augenbrauen zusammen und sagte wütend:

„Warum bist du nur so ängstlich? Fürchtest du dich vor ihm? Du benimmst dich wie die Frauen von früher. Sieht so eine Funktionärin des Frauenverbandes aus, die den anderen helfen und ihnen Selbstvertrauen vermitteln soll…?"

Als ihre Chefin immer lauter wurde, warfen sich die Angestellten fragende Blicke zu und schauten neugierig zu den beiden herüber. Luu wurde rot. Sie sprach leise:

„Schon gut. Ich werde sie zu Hause schreiben und dir heute abend vorbeibringen."

Luu nahm ihr Fahrrad, fuhr durch das Tor des Betriebsgeländes direkt auf die Hauptstraße, die durch das Stadtzentrum der kleinen Kreisstadt führte. Bis zu ihrem Haus brauchte sie nur zehn Minuten, vorbei am Gelände der Kreisparteileitung, am Stadthaus, an einem Lebensmittelladen, am Markt und einem Stand für Metallwaren... Sie kannte jedes Haus, und jeder kannte sie in dieser Straße. Zu Hause angekommen, verriegelte sie die Tür und warf sich wieder auf ihr Bett. Erneut begann sie zu grübeln, und erst nach einer ganzen Weile faßte sie schließlich Mut, holte sich Papier und Stift und schrieb die Berufungsklage. Willst du denn nicht um dein Glück kämpfen? Sieht so eine Funktionärin des Frauenverbandes aus, die den anderen helfen und ihnen Selbstvertrauen vermitteln soll? Die Worte der Freundin im Ohr, feuerte sich Luu immer wieder an. Und schließlich dachte sie an ihre beiden Kinder. Seit über einem Monat hatte sie sie nicht mehr gesehen. Wenn sie Vu Sinh aus den Armen jener Frau zurückgewinnen könnte, wären ihre Kinder nicht mehr so hilflos und hätten wieder beides: einen Vater und eine Mutter. Mit der Mutterliebe bezwang sie ihr Selbstmitleid und verdrängte die Liebe. Je mehr sie schrieb, desto mehr war sie von ihrer Sache überzeugt. Mit jedem Satz wurden ihre Worte schärfer. Als sie fertig war, hatte sie keine Lust, das Geschriebene noch einmal durchzulesen. Sie steckte alles in einen Briefumschlag und fuhr zu Hong Tham. Die Freundin hatte schon seit dem frühen Nachmittag auf sie gewartet. Freudig erregt umarmte sie Luu:

„Ich wußte, daß du es tun wirst. Ich konnte mich immer auf dich verlassen. Wenn wir nicht zusammenhalten, um unser eigenes Glück zu verteidigen, wie unglaubwürdig wären wir, wenn wir anderen Frauen unsere Hilfe anbieten? Ich garantiere dir, daß wir gewinnen werden. Und gleichzeitig werden wir für die vielen anderen ein Beispiel geben."

Hong Tham nahm Luus Hand und schüttelte sie kräftig:

„Ich werde die Berufungsklage selbst zum Provinzgericht bringen. Gleich morgen früh mache ich mich auf den Weg. Du gehst ins Büro und achtest darauf, daß die Mädchen ihre Arbeit ordentlich machen. Schließlich ist dein Bruder Vizepräsident des Kreisgerichtes… Übrigens hatte ich heute morgen schon ein Gespräch mit ihm, und wir sind ganz einer Meinung…"

Die Freundinnen verabschiedeten sich, und als Luu wieder zu Hause war, fühlte sie sich beunruhigt und trübsinnig zugleich. Sie wußte weder, was sie denken, noch was sie machen sollte. Doch sie hatte den entscheidenden Schritt getan, und es gab jetzt kein Zurück mehr.

Fünf Tage später kam Moc von seiner Dienstreise zurück und besuchte Luu. Sie setzte ihn davon in Kenntnis, daß sie auf Anraten ihrer Freundin eine Berufungsklage eingereicht hatte und zu Vu Sinh zurückkehren würde. Moc sagte nichts. Traurig verharrte er noch einen Moment auf seinem Stuhl, dann stand er auf, nahm seinen Hut und sagte:

„Also, laß es dir gutgehen Luu. Du entschuldigst mich, ich muß nach Hause."

Bevor er ging, öffnete er seine Tasche und holte zwei gelbe, schön geformte Pampelmusen heraus. Er hatte sie Luu als Geschenk von seiner Reise mitgebracht. Luu erwiderte nichts mehr. Sie stand nur da und sah ihm nach, als er den kleinen Weg von der Veranda zum Gartentor ging, an den Chrysanthemen und Dahlien vorbei, die er so liebevoll gepflegt hatte. Im Stillen hoffte sie so sehr, daß er sich noch einmal umdrehte und sie aufforderte: „Tu das nicht. Zieh die Klage zurück…"

Eigentlich hatte sich Luu gewünscht, daß er in Wut ausbrechen und ihr Vorwürfe machen würde. Wenn er nur nicht gegangen, sondern bei ihr geblieben wäre in dieser Nacht – in dieser und in allen anderen Nächten, bis ans Ende ihres Lebens. Nun, sie hatte nicht den Mut aufgebracht, ihm ihre verborgenen Hoffnungen und Wünsche zu offenbaren.

Moc indes glaubte seinen Ohren nicht zu trauen, als Luu ihm die furchtbare Nachricht überbrachte: „Ich werde zu meinem Mann zurückkehren!“ Mit welcher Leichtigkeit dieser Satz über ihre Lippen gekommen war! Mit welcher Leichtigkeit sie ihn fallengelassen hatte! Er konnte sich nur noch selbst bedauern. Schließlich war er arm und hatte unglücklicherweise seine Eltern verloren. Warum sollte sie ihn also lieben, wenn sie die Möglichkeit hatte, in einem großen und komfortablen Haus mit einer richtigen Familie zu leben! Moc konnte ihr den Reichtum von Vu Sinh nicht bieten, und so blieb er nur eine Episode für sie.

Luu stand immer noch in der Tür und sah Moc hinterher. Sie beobachtete, wie er langsam das Kettenschloß an seinem Fahrrad löste, die beiden Flügel der Gartentür zumachte und auf die Straße ging, das Rad neben sich herschiebend. Erst als das Quietschen der Zahnräder nicht mehr zu hören war, ging sie ins Haus zurück und schloß die Tür. Als sie die beiden gelben Pampelmusen auf dem Tisch liegen sah, schossen ihr mit einem Mal die Tränen aus den Augen:

„Was habe ich nur getan? Was habe ich nur getan?“ murmelte sie und wußte darauf selbst keine Antwort. Dann schluchzte sie so laut auf wie ein Kind, das man gerade geschlagen hatte. Nach diesem Weinkrampf warf sie sich auf ihr Bett und schlief sofort ein.

Am nächsten Tag fuhr Luu ins Büro. So wie Hong Tham es ihr geraten hatte, machte sie nach der Arbeit noch einen kurzen Abstecher zu ihrem Haus, suchte einige Sachen und Haushaltsgegenstände zusammen und machte sich auf den Weg zum Haus von Vu Sinh. Ihre beiden Kinder liefen ihr fröhlich entgegen und begrüßten sie. Sowohl die Nachbarn als auch die Schwiegereltern waren erstaunt, daß die geschiedene Frau, die seit Monaten in einem eigenen Haus lebte und sich wieder verheiraten wollte, plötzlich mit einer Kiste voller Habseligkeiten in das Haus ihres verflossenen Ehemannes zurückkehrte. Luu verriet den Grund, auf den alle neugierig waren:

„Vu Sinh hat eine Geliebte, eine Schauspielerin aus Hanoi. Er hat mich die ganze Zeit betrogen, und er hat mich belogen, um mich schneller loszuwerden. Das kann ich nicht auf mir sitzenlassen! Ich muß mein Glück verteidigen und kann nicht zulassen, daß meine Kinder auch noch ohne Vater aufwachsen…"

Nachdem die Nachbarn schweigend zugehört hatten, zogen sie sich zurück. Keiner gab einen Kommentar von sich, da niemand wußte, was der Wahrheit entsprach und was nicht. Der Schwiegervater sah Luu schweigend an. Schließlich sagte er zu seiner Frau:

„Ich weiß von dieser ganzen Geschichte überhaupt nichts. Aber sie ist schließlich die Mutter unserer beiden Enkel, und du solltest sie entsprechend behandeln."

„Wie immer, es bleibt alles an mir hängen", antwortete die alte Dame sanft.

Da sich keiner der beiden Eheleute in die privaten Angelegenheiten von Vu Sinh und Luu einmischen wollte, versuchten sie von nun an, die Sache einfach laufen zu lassen und möglichst nicht daran zu denken. Der alte Herr beschäftigte sich weiterhin mit seinen Heilkräutern und half seinen Enkeln bei den Schulaufgaben. Die alte Dame kümmerte sich um den Garten und wirtschaftete in der Küche.

Luu fuhr jeden Morgen mit dem Fahrrad zur Arbeit. Mittags ging sie zu ihrem kleinen Haus und kochte sich etwas. Reis und Öl hatte sie genug, einige Schälchen, Stäbchen und ein paar Töpfe auch. Wenn sie gegessen hatte, legte sie sich ein Stündchen hin und schlief. Sie lag dann ganz entspannt in ihrem Doppelbett und vergaß all ihre Sorgen und Irrtümer. Die Decke, in die sie sich zum Schlafen wickelte, war ursprünglich eine Anschaffung für ihr gemeinsames Leben mit Moc. Den Vorhang mit dem glänzenden Blumenmuster hatte sie abgenommen. Er sah viel zu elegant, viel zu jugendlich aus und erweckte bei anderen eher den Anschein, im Zimmer einer Jungvermählten, als einer Frau mit zwei Kindern zu sein, die von ihrem Mann betrogen worden war.

Jeden Abend nach der Arbeit fuhr Luu in das Haus ihres geschiedenen Mannes. Sie badete die Kinder, wusch ihre Wäsche, half der Schwiegermutter bei der Hausarbeit und aß dann mit der ganzen Familie zu Abend. Nach dem Essen ließen sich die Kinder gern eine Geschichte erzählen. Obwohl sie sich freuten, ihre Mutter wieder im Haus zu haben, war den Kindern der Großvater der liebste Geschichtenerzähler. Überhaupt war er ihnen von allen am meisten ans Herz gewachsen. Er half ihnen bei den Schularbeiten, konnte wunderbare Märchen erzählen, trug ihnen Gedichte vor, die sie noch niemals gehört hatten und deren wohlklingender Rhythmus mit seinen hellen und dunklen Tönen, gleich einer zarten Melodie, tief in ihre kindlichen Seelen eindrang.

Luu war glücklich, wieder bei ihren Kindern zu sein. Aber dieses Glücksgefühl reichte nicht aus, ihre Einsamkeit zu überwinden. Sie spürte mit aller Deutlichkeit, daß sie bei den Eltern von Vu Sinh kein Verständnis fand, daß nichts von ihr, weder ihre Manieren noch ihre Sprache, zu dieser Familie paßte. Schon damals hatte sie dieses Gefühl so sehr belastet, daß sie sich noch ungeschickter benahm. Jetzt, nach so langer Zeit, schien ihr die Ablehnung noch stärker geworden zu sein, und sie konnte sich gegen diesen seelischen Schmerz nicht mehr wehren.

Selbst die Kinder hielten es beim Spielen mit ihr nicht länger als zehn Minuten aus. Dann sprangen sie auf und stürzten sich in die Arme ihres Großvaters. Sie kraulten ihm den Bart, schlangen ihre Ärmchen um seinen Hals, blickten beharrlich auf seinen Mund und warteten auf eine Geschichte. Obwohl Luu besonders in diesen Augenblicken sehr eifersüchtig auf ihren Schwiegervater war, konnte sie daran nichts ändern. Um die Zeit totzuschlagen, machte sie sich Notizen zu einem politischen Bericht, den sie aus dem Büro mitgebracht hatte, oder sie schlug ein Buch auf, das sie sich ausgeliehen hatte. Aber lesen konnte sie nicht, da ihr der Kopf völlig leer vorkam. Und dann träumte sie vor sich hin: Unmittelbar vor ihren Augen tauchte ihr kleines Haus an der Hauptstraße auf, der Vorhang mit dem glänzenden Blumenmuster, eine helle Mondnacht... Sie sitzt ganz nah bei Moc. Er legt seine Hand sanft auf ihren Rücken und streichelt sie. Beide denken an den nicht mehr fernen Tag, an den Tag des Vollmondes im Januar, zwei Wochen nach dem Tet-Fest...

So verging die Zeit. In den letzten Oktobertagen hing der Himmel voller dunkler Wolken wie vor einem Sturm. Sie zogen nur sehr langsam weiter. Mal ballten sie sich zu Haufen zusammen, mal lösten sie sich wieder voneinander, mal schoben sich mehrere Wolkenschichten übereinander, so daß eine unendliche Bergkette entstand, die den ganzen Himmel bedeckte...

4

Hanh Hoa war kein junges Mädchen mehr, obgleich jeder, der die anmutige, zierliche Gestalt und das junge, makellose Gesicht zum ersten Mal sah, diesem Irrtum verfiel. Hanh Hoa war achtundzwanzig Jahre alt und hatte eine vierjährige Tochter. Sie hatte schon mit neunzehn Jahren einen jungen Mann geheiratet, der wunderbar Akkordeon spielen konnte und Gedichte schrieb. Bereits mit siebzehn hatte sie Gefallen an seinen Gedichten gefunden wie der Schmetterling am Frühling. In dieser Zeit blühte Hanh Hoa auf und träumte vom Honigmond.

Mit siebzehn kennt man das Leben noch nicht. Zwei Jahre lang umspannten die Werbungen des jungen Musikers und Poeten Hanh Hoa wie ein besticktes Seidenband. Mit Tönen und Worten besang er das Leuchten des Mondes, die Blätter und Blüten, die vom Wind davongetragen werden, und die funkelnden Sterne am Himmel, die bewegenden Sehnsüchte der Wellen und die unerfüllbaren Wünsche, die wie Berge sind, die den Blick zum Horizont versperren…

Wer kann schon mit siebzehn Jahren voraussehen, was für ein Mensch sich hinter den schönen Liedern und den phantasievollen

Worten von Mond und Sternen, Wellen und Sehnsüchten verbirgt?

Nachdem er diese seltene Blume entdeckt und zwei Jahre lang wie ein kostbares Bauwerk bewacht hatte, wollte er sie nun in seinen Besitz bringen. Immerhin warben auch andere junge Männer um Hanh Hoa, waren auch sie von ihrer Schönheit geblendet und von ihrem Auftreten beeindruckt. Ihm genügte bereits ein Kopfnicken von ihr, und schon drängte er die Eltern, die Verlobung auszurichten und kurz danach die Hochzeit.

Seine Familie wohnte in einem Vorort von Hanoi, in einer schmalen Gasse, durch die sich jeden Tag die Händler drängten, wenn sie mit ihren Früchten, getrockneten Fischen, frischem Gemüse, Pasteten und anderen Dingen zum Markt gingen. Als der junge Mann Hanh Hoa das erste Mal seiner Familie vorstellte, strömten sämtliche Nachbarn auf die Straße. Mit offenen Mündern bestaunten sie die Schönheit geradeso wie eine von Gott gezeugte Fee. In diesem Moment war der junge Mann so stolz wie noch nie in seinem Leben, und er erlaubte niemanden, seine Frau zu begrüßen oder sich ihr vorzustellen. Niemand durfte sie berühren, er behandelte sie wie ein Ausstellungsstück.

Aber bereits ein halbes Jahr später, nachdem sie ihr Einverständnis zur Hochzeit gegeben hatte, führte er sich als absoluter Herrscher über seinen königlichen Besitz auf. Keine Spur mehr davon, daß er sie verwöhnte, umschwärmte oder ihre Wünsche erfüllte wie früher! Hanh Hoa war verärgert und gekränkt. Wenn sie jetzt zu ihm nach Hause in die enge Gasse mit den vielen Menschen fuhren, nahm niemand mehr Rücksicht auf sie. Man diskutierte laut und stundenlang über den Handel, die Preise und die Waren. Von all dem verstand Hanh Hoa nichts. Die beiden jüngeren Schwestern ihres Mannes beispielsweise sahen zwar häßlich aus, waren aber die perfekten Händlerinnen. Sie kannten die richtigen Quellen, wo sie die Ware möglichst billig erstanden, um sie dann mit einem guten Gewinn weiterzuverkaufen. Sie verstanden es, in kürzester Zeit viel Geld zu machen. Ihre Gürtel, die sie um die Taille trugen, waren ständig mit dicken Geldbündeln gefüllt. Bei jeder Gelegenheit machten sie sich über die Unwissenheit der Schwägerin in punkto Geschäft lustig. Wenn sie Hanh Hoa baten, etwas zu verkaufen oder das Geld zu zählen, war sie ihnen entweder zu langsam oder zu ungeschickt. Einmal, als Hanh Hoa beim Zählen zwanzig Dong in einem Hunderterbündel fehlten, machten die Schwägerinnen einen riesigen Radau, und die Schwiegermutter strafte Hanh Hoa mit so zornigen Blicken, daß sie zu Tode erschreckt war.

Ihrem Mann war das ungeschickte Benehmen von Hanh Hoa im Hause seiner Familie jedesmal furchtbar peinlich. Nach dem Zwischenfall mit dem Geld konnte er sich nicht mehr zurückhalten. Er fluchte, zerrte sie wütend zum Fahrrad, schob sie auf den Gepäckträger und fuhr mit ihr davon. Von da an war ein Riß zwischen den beiden Eheleuten. Da sie jedoch noch jung und ineinander verliebt waren, war dieser erste Streit recht schnell vergessen. Ein knappes Jahr später aber gerieten sie erneut aneinander, dieses Mal so heftig und mit so unterschiedlichen Standpunkten, daß eine Schlichtung nicht mehr möglich war. Hanh Hoa war schwanger. Jedoch sollte sie das Kind abtreiben lassen, da ihr Mann sich noch nicht reif genug fühlte, Vater zu werden. Seine Vorstellungen vom Leben gingen zur Zeit noch in eine andere Richtung. Er wollte seine Jugend ungehindert genießen bei Musik, Tanz, Gesang, Alkohol und gutem Essen... Sein Geld würde nicht ausreichen, um gleichzeitig noch ein Kind zu ernähren. Außerdem könnte er in seinem Alter weder das ständige Heulen des Kindes noch die schmutzigen Windeln in der Wohnung ertragen... Er hatte noch volles, welliges Haar, das bis in seinen Nacken reichte, einen kräftigen Hals, den ein steifer Hemdkragen zierte, und wenn er mit seinen schlanken und beweglichen Fingern über die Tasten seines Instrumentes wirbelte, begeisterte er das weibliche Publikum... Alles in allem, mit seinen vierundzwanzig Jahren war er auf keinen Fall bereit, schon Vater zu spielen.

Hanh Hoa wollte von alledem nichts hören. Nachdem sie schwanger geworden war, hatte sie nur den einen Wunsch, dem Kind, das in ihr wuchs, all ihre Liebe zu schenken. Voller Sehnsucht erwartete sie den Tag, an dem sie zitternd das Kind in ihren Armen halten würde.

Ihr Mann sagte:

„Ich rate dir, dich mit dem Handel vertraut zu machen, damit du etwas verdienst, um dein Kind zu ernähren. Oder wie gedenkst du, zu Geld zu kommen?"

Er bekam beim Sprechen kaum die Zähne auseinander und so landete ein Teil seiner feuchten Aussprache im Gesicht von Hanh Hoa:

„Ich wette, du weißt es nicht! Wer das Geld so langsam zählt, wie eine Schildkröte läuft und bei Hundert noch zwanzig Miese macht, wie will der auch Geld verdienen...? Geld kann man immer nur mit Geld machen! Das Geld der Eltern ist die Basis für das Geld der Kinder. Aber du, du hast ja keins. Sobald du es verdient hast, ist es schon wieder ausgegeben..."

Hanh Hoa starrte ihren Mann regungslos an. Der wunderbare Dichter von einst, der die herrlichsten Verse über den Mond und die Sterne verfaßt hatte, stand da und kreischte nur noch wie eine gräßliche Marktfrau. Seine Worte trafen ihr Gesicht wie Peitschenhiebe. Sie spürte einen stechenden Schmerz, aber weinen konnte sie nicht.

„Es ist gut. Ich habe dich schon verstanden..."

Hanh Hoa erschrak, als sie ihre Stimme hörte. Sie klang heiser, zitternd und fremd, wie die einer anderen Frau.

Nach diesem Zwischenfall löste sich ihre Beziehung wie von selbst. Hanh Hoha blieb schwanger. Ihr Leib wölbte sich, ihre Haut wurde fleckig und ihre Schönheit verblaßte. Die glänzenden schwarzen Augen von einst, die immer Fröhlichkeit ausgestrahlt hatten, sahen jetzt so fremd und sorgenvoll aus, daß es einem das Herz erweichte. Selbst ihre Kolleginnen waren über diese Veränderungen erschrocken. Jedoch wagten sie es nicht, sie offen zu bemitleiden oder ihr Hilfe anzubieten. Hanh Hoa haßte Mitleid. Sie war schon mit sieben Jahren Waise geworden und konnte jegliche Art von Beistand nicht ertragen.

Inzwischen fand ihr Mann daran Gefallen, anderen Frauen nachzulaufen. Ganz allmählich führte ihn die Suche zu denen, die die Taschen immer voller Geld hatten, mal unter den Gürtel geschoben, mal mit einer Sicherheitsnadel an einem Band befestigt, das sie je nach Bedarf herauszogen: die Händlerinnen auf dem Markt. Und so landete er, seinem Stand entsprechend, an dem Ort, wo er geboren und aufgewachsen war.

Zwei Monate vor der Geburt ihres Kindes reichte Hanh Hoa die Scheidung ein. Das Gericht sprach ihren Mann schuldig, und der Kommunistische Jugendverband schloß ihn wegen moralischem Fehlverhalten und Disziplinlosigkeit aus. In die Geburtsurkunde ihres Kindes schrieb Hanh Hoa in die Spalte „Name des Vaters“ das Wort „verstorben“. Der kleinen Tochter gab sie ihren eigenen Familiennamen Le und nannte sie Le Hang Hoa. Ohne es Hanh Hoa näher zu erklären, hatten sich ihre Kolleginnen etwas besonderes ausgedacht, einen Doppelnamen. Sie verbanden die beiden Vornamen und riefen das Mädchen Hanh Hang. Damit wollten sie auf verborgene Art und Weise der jungen Mutter und vor allem der kleinen Tochter Schutz und Liebe bekunden…

Diese ganze Geschichte hatte Hanh Hoa gegenüber Vu Sinh mit keiner Silbe erwähnt. Er kam erst durch Schwester Cuc dahinter, eine kräftig gebaute, gutherzige Frau, die in der Verwaltung des Jugendverbandes arbeitete. Cuc war Mutter von vier Kindern. Die kleine

Hang Hoa war oft mit ihnen zusammen und wurde „Jüngste" genannt, so als gehöre sie zur Familie. Nachdem Cuc ihm alles erzählt hatte, sah sie ihn prüfend an und fragte:

„Was halten Sie von der Sache, großer Bruder?"

Vu Sinh sah sie erstaunt an. Er verstand nicht, was sie mit Ihrer Frage bezweckte.

Schwester Cuc fuhr fort:

„Was ich sagen will, ist, daß das Leben von Hanh Hoa, im Vergleich zu anderen, nicht gerade einfach ist. Sie hat ziemlich viel durchgemacht in ihrer ersten Ehe... Ein zweites Mal diesen Schritt zu wagen, erfordert viel Mut von einer Frau. Und ich kenne Hanh Hoa gut genug, um zu wissen, daß sie ein Scheitern nicht überleben würde..."

Erst jetzt begriff Vu Sinh, warum diese Frau das Gespräch mit ihm gesucht hatte. Er erwiderte:

„Meine erste Ehe ist auch gescheitert. Allerdings war meine Situation eine völlig andere als die von Hanh Hoa. Aber Sie können mir vertrauen, große Schwester. Ich bin kein leichtfertiger Mensch, der sich keine Gedanken macht und nur das Vergnügen sucht."

Cuc nickte:

„Na, dann ist ja alles in bester Ordnung. Verstehen Sie mich bitte nicht falsch, aber alle im Jugendverband lieben Hanh Hoa und ihr kleines Mädchen, und wir fühlen uns für sie verantwortlich. Jedoch würde ihr das niemand offen sagen, da sie bei diesem Thema sehr schnell gekränkt ist..."

Vu Sinh versuchte, mit der kleinen Hang Hoa Freundschaft zu schließen. Damit hatte er zunächst einige Schwierigkeiten, da das Mädchen nicht zu den Kindern gehörte, die Fremden gegenüber sofort aufgeschlossen sind. Aber nachdem er ihr Vertrauen gewonnen hatte und sie sich nicht mehr scheute, auf seinen Knien zu sitzen oder stundenlang auf seinen Schultern spazierengetragen zu werden, hatte auch er sie ins Herz geschlossen. Hanh Hoa beobachtete die beiden von ihrem Büro oder auch vom Küchenfenster aus, wenn sie dabei war, das Essen zuzubereiten. Das Glücksgefühl, das sie jedes Mal bei diesem Anblick empfand, machte ihr Gesicht strahlender und ihr Lachen fröhlicher. Auch Vu Sinh fühlte sich glücklich, und er behütete dieses Gefühl, denn ihre Begegnungen waren in den meisten Fällen nur kurz. Oft waren es die Pausenzeiten zwischen dem Einstudieren neuer Programmteile, die Hanh Hoa nutzte, um sich mit Vu Sinh zu verabreden. Völlig außer Atem und in Zeitnot kam er dann mit einem Motorrad aus der Unteroffiziersschule, mit einem Fahrer, der den Motor laufen ließ, um ihn pünktlich zu einer anderen Dienststelle zu bringen. Hanh Hoa, selbst ermüdet und verschwitzt durch die Proben, erwartete Vu Sinh auf dem Korridor. Sie wechselten dann lediglich ein paar Worte, sahen sich liebevoll in die Augen, und dann mußte jeder wieder an seine Arbeit. Obwohl diese Verabredungen niemals länger als fünfzehn Minuten dauerten, waren es für beide immer Minuten des Glücks. Mit ihren strahlenden Blicken tauschten sie wortlos ihre Sehnsüchte und Wünsche aus. „Ich liebe dich, ich sehne mich nach dir, du gehörst zu mir…“ las sie in seinen Augen. Es waren genau die Worte, die sie ihm selbst zuflüstern wollte.

Auch er sah in ihren Augen, daß sie ihn nicht vergessen hatte und sein Bild in Gedanken immer bei sich trug. Er, der einfache, unbekannte Soldat, wurde von ihr, der bildschönen und begabten Schauspielerin, von der viele Männer träumten, wirklich geliebt. Dieses Gefühl machte ihn immer wieder stolz und trunken zugleich. Alles, was er über sie wußte, liebte er an ihr, so wie nur der große Bruder seine kleine Schwester lieben konnte. Und er vertraute ihr wie der zitternde Sperling einem Kind vertraut, das ihn in seine Hände nimmt, um ihn vor Wind und Kälte zu schützen. Genauso wollte er sie beschützen und immer für sie da sein.

„Wie geht es dir, großer Bruder?"

Jedesmal, wenn sie sich trafen, stellte ihm Hanh Hoa diese Frage. Dann schaute sie ihn lange und nachdenklich an, so, als suchte sie irgendeine Veränderung in seinem Gesicht.

„Danke. Mir geht es sehr gut, wie immer."

Diese Antwort sollte heißen: Ich lebe immer noch, arbeite immer noch, liebe dich immer noch, und meine Sehnsucht nach dir wird niemals nachlassen.

Immer, wenn er so antwortete, war die junge Frau beruhigt. Sie lächelte und sprach:

„Bei mir ist es genauso. Es geht mir sehr gut, wie immer."

Nach diesem Satz war er ganz sicher, daß sie von den tausenden neuen Gesichtern, denen sie in den vergangenen Tagen und Wochen gegenüberstand, keines beeindruckt hatte, sondern daß sie nur sein Bild fest im Gedächtnis bewahrte. Er spürte, daß sie von den zehntausend Stimmen, die sie bewundert und gefeiert hatten, keine erhört, sondern sich nur seiner tiefen und warmen Stimme erinnerte.

Jedesmal, wenn Vu Sinh Sehnsucht nach seiner geliebten Hanh Hoa hatte, ging er zu ihrem Haus und schaute zum Fenster ihres Zimmers hinauf. Es war ein ganz gewöhnliches Fenster in der zweiten Etage eines Häuserblocks. Ein Fensterladen hatte sich aus der unteren Angel gelöst und bei dem anderen fehlte der Stift, so daß es jedesmal klapperte, wenn er vom Wind an den Fensterrahmen gedrückt wurde. Er betrachtete dieses Fenster wie ein Pilger den Tempel seiner Vorfahren. Er küßte und streichelte es liebevoll mit seinen Augen. Das sechzehn Quadratmeter große Zimmer hinter dem Fenster hatte für ihn die Bedeutung einer anderen, ihm sehr nahe stehenden Welt. Es war der Ort, an dem Hanh Hoa in der Ecke auf einer Leine ihre feine Wäsche und die kleinen Sachen ihrer Tochter trocknete. Es war auch der Ort, wo sie in einer ziemlich altmodischen Kochnische grünen Tee brühte oder Klebreis mit Erdnußsoße zubereitete, wenn er zu Besuch kam. Es war der Ort, an dem sie sich an vielen Sonntagen miteinander unterhielten oder auch die wenigen Stunden verbrachten, in denen sie nur zu zweit waren. Wenn sie sprach, neigte sie ihren Kopf ein wenig und ihre herrlich glänzenden schwarzen Haare fielen auf ihre Schultern herab. Und wenn sie ihn ansah, spürte er ihren zarten Blick wie eine Liebkosung, wie eine samtene Berührung seiner Haut, weich und kaum wahrnehmbar…

Er liebte diese Frau mit der ungeteilten Hingabe eines Zwanzigjährigen, der zum ersten Mal liebt, mit der rasenden Leidenschaft eines Mannes, der das Leben kannte, dem bewußt war, was er mit dieser Liebe verlieren würde, und der erkannt hatte, worum er in seiner Jugend betrogen worden war…

Sie hatten sehr schnell zueinander gefunden. Ihre Ehen waren beide gescheitert und ihr privates Leben verlief beinahe freudlos. Für ihre Liebe brauchten sie wenige Worte, wenige Erklärungen. Oft genügte ein Zeichen, eine Geste, und sie verstanden einander. Über den Ernst und die Tiefe ihrer Gefühle gab es keine Zweifel, denn sie mußten gegenseitig behutsam mit der Vergangenheit des anderen umgehen. Keiner konnte dem anderen eine erneute Enttäuschung zumuten. Beide setzten ihre Hoffnungen auf ein neues Leben.

An dem Tag, als Vu Sinh seine Parteigrundorganisation offiziell von der Beziehung zu Hanh Hoa unterrichtete, erhielt er ein Telegramm. Sein Vater übermittelte ihm nur einen Satz: „Komm sofort nach Hause."

Der Parteisekretär und gleichzeitige Leiter der Offiziersschule hatte gegen die Verbindung eines Offiziers für Schießtechnik mit einem weiblichen Sergeanten des Kulturensembles der Armee nichts einzuwenden. Er war es auch, der Vu Sinh die Erlaubnis erteilte, nach Hause zu fahren, um seine familiären Angelegenheiten zu klären:

„Möglicherweise ist deine Mutter krank geworden oder deine

Kinder haben Schwierigkeiten in der Schule… Mach dir nur keine Sorgen. Während deiner Abwesenheit werden wir deinen Dienst mit übernehmen", beruhigte er Vu Sinh und klopfte ihm freundschaftlich auf die Schulter.

Vu Sinh nahm sein Fahrrad und fuhr sofort nach Hause. Genau zur Mittagszeit kam er dort an. Die Uhr des Schneiders im Nachbarhaus schlug gerade zwölf. Sein Großer war aus der Schule gekommen. Neugierig schaute er zum Gartentor, blieb verdutzt einen Moment stehen und rannte, als er seinen Vater erkannt hatte, in Windeseile auf ihn zu:

„Vati ist da, Vati ist zurück… Großvater, sieh doch, Vati ist zurück…"

Eilig rannte er ins Haus, um dem Großvater die freudige Nachricht zu überbringen.

Vu Sinh stand noch draußen und war im Begriff, sein Fahrrad anzuschließen. Als er sich umsah, glaubte er plötzlich, seinen Augen nicht zu trauen. Er starrte auf die Kleidungsstücke, die im Hof auf der Leine hingen. Aber ein Irrtum war ausgeschlossen. Das waren tatsächlich die selbstgenähten schwarzen, weiten Hosen mit dem breiten Saum von Luu, die im Wind hin und her wedelten, und das vergraute Trikot, das in den Achselhöhlen braun schimmerte.

Er erschrak noch mehr, als er durch das Fenster in das ehemalige Schlafzimmer schaute, das seine Eltern nach der Scheidung ihres Sohnes für die Mutter hergerichtet hatten, und in dem nun ganz offensichtlich die rotlackierte Truhe seiner geschiedenen Frau stand.

Beunruhigt schloß er sein Rad an und ging ins Haus. Ein plötzlich aufkommender Wind brachte die Arekapalmen kräftig in Bewegung. Er ließ auch die trockenen Blätter aus dem Garten hoch in der Luft herumwirbeln und verstreute sie dann auf dem Hof. Vu Sinh setzte sich auf das alte geflochtene Sofa, das noch von seinem Großvater stammte, und sah nach draußen. Der Wind schob die Wolken mit einer Leichtigkeit vor sich her, als wären sie kleine Boote auf dem Wasser. Ein verspäteter Schwalbenschwarm flog eilig in den Süden. Es waren wahrscheinlich die letzten Vögel, die sich aus dem Norden auf den Weg gemacht hatten. Sie waren auf der Suche nach einem warmen und sicheren Ort, flohen vor der nahenden kalten Jahreszeit. Vu Sinh sah den Vögeln nach, die sich mit jedem Moment weiter entfernten, und ein Gefühl endloser Traurigkeit überflutete sein Herz.

Genau wie ein Vogel hatte er endlich ein Nest gefunden. Sollte es wirklich dazu kommen, daß er in Kürze diese warme Nest verlassen mußte? Und vielleicht würde es ihm wie jenen Schwalben ergehen, herumziehend von einer Behörde zur anderen, nur um etwas Wärme und Sicherheit zu finden... Gab es denn für ihn keinen Platz im Leben, an dem er sich geborgen fühlen konnte?

Ihm blieb nicht viel Zeit, um seine Zweifel und Vorahnungen zu durchdenken. Sein Vater kam mit der Teekanne aus der Küche zu ihm. Sein Bart raschelte. Vu Sinh nahm ihm die Kanne ab, achtete nicht darauf, daß noch kein heißes Wasser darin war, sondern starrte den Vater unverwandt an. Der Vater stand vor ihm. Jetzt sahen sie sich beide an, der Vater den Sohn und der Sohn den Vater, der alte den jungen und der junge den alten Mann. Der eine Mann war glücklich, der andere tief unglücklich...

Sie brauchten nicht zu sprechen. Vu Sinh war die Situation völlig klar. Er las sie aus den Augen seines Vaters. Diese sanften, gutherzigen Augen waren voll von Gefühlen der Betroffenheit und des Mitleids. Aber auch Zeichen von Resignation, Ergebenheit, begleitet von Bitterkeit bis hin zur Unerträglichkeit...

5

Die Berufungsklage von Luu wurde unverzüglich bearbeitet. Dafür sorgte unter anderem die stellvertretende Präsidentin des Provinzgerichtes. Das Gericht lud die geschiedenen Eheleute zur Verhandlung vor. Vu Sinh sagte kaum ein Wort. Er nahm alles nur zur Kenntnis und antwortete auf Fragen lediglich mit einem leisen: „Ja“ oder „Nein“.

„Geben sie zu, daß Sie bereits vor Ihrer Scheidung eine Beziehung zu Hanh Hoa hatten?“

„Nein.“

„Dann handelt es sich Ihrer Meinung nach um eine vollkommen legale Beziehung?“

„Ja.“

„Und Ihre Scheidung von Luu hängt in keiner Weise mit der neuen Beziehung zusammen?“

„Nein.“

„Dann erklären Sie dem Gericht bitte, warum Sie neun Jahre lang nicht ein einziges Mal mit Ihrer Frau über eine Scheidung gesprochen haben.“

„Wenn Sie nicht zueinander passen, warum haben Sie oder Ihre Frau die Beziehung nicht schon früher abgebrochen und sich statt dessen noch zwei Kinder angeschafft? Wie dem Gericht bekannt ist, haben Sie beide ihre Verbindung während des Widerstandskampfes gegen die Franzosen geschlossen, vom Jugendverband organisiert. Das heißt, alles verlief nach dem Prinzip der Freiwilligkeit, ganz natürlich. Sie wurden nicht von Ihren Familien zu dieser Ehe gezwungen und unterlagen somit keinen Verpflichtungen hinsichtlich der traditionellen feudalen Erziehung und Moral. Ist das richtig?"

„Wenn das der Wahrheit entspricht, kommt das Gericht zu dem Schluß, daß Sie erst zu dem Zeitpunkt, als Sie ein Verhältnis mit Hanh Hoa hatten, an eine Scheidung dachten. Das heißt, Ihre Beziehung war in diesem Moment ungesetzlich. Deutlicher gesagt, Sie haben ihre Ehefrau Luu wissentlich betrogen und tragen die volle Verantwortung für das Scheitern Ihrer Ehe, das zerbrochene Glück, den Bruch der Familie sowie für die Zukunft Ihrer Frau und die beiden ehelichen Kinder. Haben Sie das verstanden?"

„Wir erwarten von Ihnen, daß Sie sich diese Anwürfe emotionslos aus der Sicht Ihrer geschiedenen Frau und aus der Sicht eines Vaters von zwei Kindern nochmals gründlich durch den Kopf gehen lassen. Entsprechend dem Gesetz wird das Gericht alle verfügbaren Maßnahmen ergreifen, um die Rechte der Frau zu verteidigen."

Vu Sinh schwieg. Er sah sich die Vertreter des Gerichts an, jeden einzelnen. Wie von fern hörte er die herbe, eiserne Stimme einer Richterin, doch es schien, daß er die Welt nicht mehr verstand. Er sah den Präsidenten des Provinzgerichtshofes, seine Stellvertreterin, die Generalstaatsanwältin…, die jetzt anmaßend und weitschweifend mit einer kraftvollen, spröden Stimme ihre Ausführungen vortrug.

Sie hatte ein breites, plattgedrücktes Gesicht mit einem großen, hervorspringendem Nasenrücken, an dessen rechter Seite ein Pickel prangte. Sie war äußerst redegewandt, wirkte jedoch durch ihr herbes, rauhes Äußeres eher abstoßend. Die Vizepräsidentin schaute konzentriert nach vorn. Der Präsident betrachtete einen seiner Finger, den er in einem aufgeschlagenen Buch auf einen Absatz gelegt hatte...

Die Frau dort drüben war Luu, seine Frau. Daß er mit dieser Frau zwei Kinder hatte, kam ihm unwirklich vor. Sie hatte ein plattes Gesicht mit zwei hervortretenden Backenknochen, uneben und mit zahlreichen Pusteln und Pickelchen übersät. Ihr Zähne waren regelmäßig gewachsen und weiß. Sie hatte beide Hände zwischen die Oberschenkel geklemmt und sah nach unten. Ihre langen Haare wurden mit einer Spange auf dem Rücken zusammengehalten, jedoch hingen einige Haarsträhnen ungepflegt seitlich herunter, teils über ihrer Wange, teils über den breiten Schultern... Kaum zu glauben! War sie wirklich einmal seine Frau? ...Warum kam sie ihm wie eine Fremde vor, wie irgendeine Frau, die er vor Jahren einmal in einem Zug getroffen hatte? ... Was hat das Gericht gerade verkündet?

Ah, ja. Das Provinzgericht annulliert das Scheidungsurteil des Kreisgerichtes. Er und Luu müssen wieder wie ein gesetzlich getrautes Ehepaar zusammenleben. Er muß Konsequenzen ziehen und sich um die Zukunft seiner Frau und ihre beiden Kinder kümmern. Er muß seine Beziehung abbrechen und ernsthaftes Nachdenken vor seine leidenschaftlichen Gefühle setzen, um zurückzufinden... und so weiter...

Er hörte nichts mehr. Er merkte auch nicht, daß der Prozeß beendet war. Irgendjemand fragte ihn:

„Legen Sie Einspruch gegen das Urteil ein?“

„Nein.“

Seine Antwort klang wie die Erwiderung auf das Angebot einer der fliegenden Händlerinnen, die jeden Morgen ihre Stände vor der Kaserne aufbauen. Vu Sinh sah, daß sich alle um ihn herum erhoben. Er dachte daran, daß es Zeit wäre, nach Hause zu fahren, stand auf, nahm seine Mütze und ging. Luu war schon vor ihm gegangen, hatte ihr Fahrrad geholt und wartete vor dem Eingang des Gerichtes auf Vu Sinh, um sich mit ihm gemeinsam auf den Weg zu machen. Doch er holte sein Rad vom Hof, schwang sich in den Sattel und fuhr zügig davon, ohne sie zu beachten. Er beachtete überhaupt niemanden. Luu setzte sich auf ihr Rad und fuhr ihm hinterher. Immerhin waren es siebenundzwanzig Kilometer vom Gericht bis nach Hause. Sie trat kräftig in die Pedale, um ihn einzuholen. Für einen Moment hatte sie sogar vor, direkt neben ihm herzufahren, aber dann wagte sie es doch nicht. Schon als sie ihn von der Seite ansah, erkannte sie, daß er mit dem, was geschehen war, absolut nicht einverstanden war und somit auch nicht verstand, warum sie auf ihn gewartet hatte. Er hatte kein Interesse daran, mit ihr gemeinsam nach Hause zu fahren, auch wenn sie den gleichen Weg hatten. Nach Hause! Dort, wo sie wohnten und zwei Kinder hatten. Auch wenn es ihm nicht gefiel, mußte er sich damit abfinden, daß das Gericht sie wieder aneinandergebunden hatte, und daß er nicht das Recht hatte, sie abzuweisen. Auch wenn er es nicht wahrhaben wollte, war sie seine Ehefrau gewesen und war es nun wieder! ... Sie war eine moderne Frau und fest entschlossen, ihr Glück und das der Kinder zu verteidigen... Obwohl Luu in Gedanken ziemlich mutig war und genau wußte, was sie wollte, wagte sie es dennoch nicht, ihn anzusprechen oder zu rufen: „Großer Bruder, warte bitte auf mich".

Um ihn zu zwingen, sie anzusehen und sich mit ihr zu unterhalten, ließ sie ihren Gedanken freien Lauf und führte Selbstgespräche. Doch Vu Sinh entfernte sich mehr und mehr von ihr. Sein Gesichtsausdruck war kühl und zornig zugleich. Auch er dachte über die ganze Sache nach, jedoch gingen seine Gedanken mit Sicherheit in eine ganz andere Richtung als die seiner Frau.

Als er schon zehn Minuten zu Hause war, traf Luu ein. Sie stellte ihr Fahrrad ab, trat ein und bemühte sich, ihren Mann so natürlich wie möglich anzusprechen:

„Du bist ja schnell gefahren! Ich bin ganz schön ins Schwitzen gekommen, als ich mit dir mithalten wollte. Doch ich habe es nicht geschafft."

Vu Sinh saß am Tisch. Vor ihm stand eine abgekühlte Tasse Tee, die ihm der Vater eingegossen hatte. Er schaute nur kurz nach oben und fragte:

„Haben Sie mit mir gesprochen? Ich hab' nicht verstanden, was Sie gesagt haben!"

Sein Gesicht war versteinert, sein Blick eisig.

Luu fühlte sich blamiert. Sie spürte, wie ihre Wangen langsam heiß wurden. Denn sie war es, die die Berufungsklage geschrieben hatte. Und sie war es auch, die in diesem Haus bei diesem Mann das Glück finden wollte. Wütend und trotzig zugleich reagierte sie nach der Devise: wenn man eine Sache begonnen hat, muß man sie auch beenden. Und so zischte sie durch die Zähne:

„Ja, ich bin es. Ich habe mit dir, mit meinem Mann, gesprochen. Hast du jetzt verstanden?"

Ihr Ton war unverschämt, und ihr Gesicht sah jämmerlich aus, als sie das sagte. Vu Sinh antwortete nicht. Er drehte ihr den Rücken zu und ließ sich auf das Sofa fallen. Der Vater flüchtete nach draußen. Als ehemaliger Lehrer konnte er den Anblick dieser Szene nicht ertragen.

6

An den Ästen des japanischen Flieders hingen nur noch die Früchte. Die Blätter waren bereits abgefallen. Die Vögel machten sich nichts aus den Früchten, so daß sie hängenblieben, bis der Busch kahl war. Anfangs grün, reiften sie zu hellem Gelb heran, gingen zu dunklem Gelb über, bis sie schließlich eine kastanienbraune Farbe angenommen hatten. Man erzählte sich, daß die Bauern eine besondere Verwendung für diese kleinen Früchte hatten: Wenn sie braungefärbt waren, wurden sie gepflückt und zusammen mit Klebreisstroh und Blättern anderer Pflanzen verbrannt. Die zurückgebliebene Asche wurde mit Wasser angerührt und gut vermischt, damit die Aromastoffe, die in der Asche konzentriert waren, vom Wasser aufgenommen wurden. Jetzt folgte ein aufwendiges Filtern. Die trübe Flüssigkeit wurde mehrmals über Tücher abgegossen, bis sie klar war. Das Ergebnis war ein Aromawasser von besonderem Duft und Geschmack, das für die Zubereitung von Speisen genutzt wurde. Doch zuvor füllte man das Wasser, das man im Winter gewonnen hatte, in große, tönerne Krüge und verschloß sie bis kurz vor Frühlingsanfang. Dann bereitete man kleine Reispäckchen zu und legte diese in das Aromawasser, das nun wie eine Marinade wirkte und dem Reis einen unverwechselbaren Geschmack gab. Gut abgetropft und verpackt war aus den kleinen Reispäckchen eine Spezialität zum Tet-Fest geworden: banh tro – der Aschekuchen. Ein beliebtes kleines Geschenk, das nicht nur delikat schmeckte, sondern auch leicht verdaulich war. Wenn man die kleinen Aschekuchen, die je nach Intensität des Aromawassers durchsichtig, hellgelb oder bernsteinfarben aussahen und in weißen Porzellanschüsselchen serviert wurden, dann noch mit gezuckerten Aprikosestückchen oder erlesenem Honig versah, schmeckten sie einfach vortrefflich.

Auch die Mutter von Hauptmann Vu Sinh machte sich jedes Jahr in Vorbereitung des Tet-Festes die Mühe und bereitete kleine Aschekuchen aus bis zu fünf Kilogramm Reis. Vu Sinh aß dieses traditionelle volkstümliche Gericht besonders gern.

Natürlich hatte die Mutter auch in diesem Jahr reichlich davon zubereitet. Dazu noch den beliebten Kuchen der fünf Geschmacksrichtungen süß, sauer, bitter, scharf und salzig sowie geröstete Reisbonbons. Doch in diesem Jahr war alles ganz anders. Sie verpackte all die Leckereien und schickte sie ihrem Sohn in die Kaserne. Vu Sinh hatte mitteilen lassen, daß er zum Tet-Fest nicht nach Hause komme. Die Eltern kannten den Grund seiner Abwesenheit: Luu.

Noch an dem Tag, an dem das Gericht die Scheidung für null und nichtig erklärt hatte, war Vu Sinh zurück zur Offiziersschule gefahren und war bis zu dem Tag, an dem die Mutter ihm das Tet-Paket gepackt hatte, nicht ein einziges Mal nach Hause gekommen. Den beiden Kindern hatte es nicht so viel ausgemacht, denn sie hatten ja die Mutter und die Großeltern. Doch den beiden Alten tränte das Herz. Sie vermißten ihren Sohn sehr, auch wenn es heißt, daß alte Leute mehr Kummer ertragen könnten. Und ihnen half auch nicht, daß sie besonders tolerante und barmherzige Eltern waren. Jedesmal, wenn die Schwiegertochter nicht da war, saßen die beiden Alten beieinander, dachten an ihren Sohn und seufzten. Sie konnten einfach nicht begreifen, warum eine Frau, die kurz vor der Hochzeit mit einem anderen steht, urplötzlich zum Gericht läuft, um das Scheidungsurteil aufzuheben. Ohne Frage war Moc ein offenherziger, natürlicher junger Mann, der gut zu Luu paßte. Vu Sinh, ihr einziger Sohn, aber war ein vollkommen anderer Typ Mann. Obwohl er sich als Offizier das ganze Jahr über mit Waffen und militärischer Ausbildung beschäftigte, war er doch ein sehr empfindsamer Mensch. Es floß das Blut seines Vaters, eines Gelehrten und Dichters, durch seine Adern. Zudem war Vu Sinh ein Mann voller Leidenschaften, voller Eleganz und Begabung, Eigenschaften, die er seiner Mutter zu verdanken hatte. Sie galt in ihrer Heimat als eine außergewöhnliche Frau. Sie war als junge Bäuerin bekannt durch ihre Schönheit, ihre wundervolle Stimme und ihre Webkünste. Bevor sie heiratete und in der Stadt einen kleinen Stand betrieb, um für die Familie etwas dazuzuverdienen, hatte sie allen Männern den Kopf verdreht, waren viele heimlich in sie verliebt. Selbst als sie eine zeitlang Partisanenuniform trug, bezauberte sie alle mit ihrer anmutigen Figur und ihrem schönen Gesicht…

Schon an dem Tag, als im Jugendverband die Verlobung von Vu Sinh und Luu gefeiert wurde, erkannten die Eltern, wie verschieden die beiden jungen Menschen waren. Und obwohl eine Scheidung immer ein unglücklicher Tag im Leben der Familie ist, und sich auch die Eltern gemäß den allgemeinen Gepflogenheiten betrübt zeigten, fühlten sie sich im Innern geradezu glücklich, erlöst, weil sie überzeugt waren, daß ihr Sohn das wirkliche Glück mit Sicherheit finden werde. Obgleich sie dem Sohn mit ihren völlig veränderten Gefühlen nicht direkt helfen konnten, bemühten sie sich um so mehr, ihm bei der Erziehung und Versorgung seiner beiden Kinder jegliche Unterstützung zu geben. Und obwohl sie jetzt, wo Luu wieder im Haus war, keinen besonderen Hehl daraus machten, daß ihnen das nicht sonderlich gefiele, behandelten sie sie fair und zurückhaltend. Doch selbst dieses Benehmen reichte der Schwiegertochter nicht aus. Immer wieder gerieten sie aneinander.

Mit jedem Tag fühlte sich Luu einsamer in der Familie ihres Mannes. Die Freude darüber, bei ihren Kindern zu sein, verblaßte allmählich, und ihrer Wut gegen Vu Sinh konnte sie nur noch in heimlichen Wutausbrüchen Herr werden. Er war einfach gegangen! Und selbst seine vierzehntägigen Besuche bei den Kindern blieben seither aus. Jetzt war er ihr nicht mehr gleichgültig, sondern sie erklärte ihn zu ihrem Feind. Früher, auch wenn eine gewisse Gleichgültigkeit dabei war, hatte er sie noch an der Hand gezogen und gesagt: „Luu, sieh doch bitte mal nach, ob sich die Kinder richtig waschen“ oder „Was machst du in der Küche, Luu, komm doch mal schnell auf den Hof und hilf mir...“. Und heute? Heute brachte er es noch nicht einmal über sich, sie anzusehen. Und als sie ihn dann ansprach, war seine Antwort: „Haben Sie mit mir gesprochen? Ich habe nicht verstanden... Es ist besser, wenn Sie mich nicht mehr fragen...“

Zum Neujahrsfest kam er nicht nach Hause. Und auch zum Tet-Fest kündigte er an, nicht zu kommen. Tage zuvor verpackte die Mutter Leckereien, kochte und briet eifrig, was ihr gerade einfiel, und übergab dann alles einem Bekannten, der es Vu Sinh in der Kaserne übergeben sollte. Was sind schon zwölf Kilometer? Und trotzdem, für Vu Sinh war das weit genug. Schließlich dürstete er nicht danach, Luu zu treffen. Die junge Frau wußte, daß sie nun zum Hindernis der herzlichen Beziehungen der Schwiegereltern zu ihrem einzigen Sohn geworden war. Diese Tatsache erfüllte sie sowohl mit Bedauern als auch mit einer gewissen Befriedigung, ganz ihrem Rachegedanken entsprechend: Sie wußte genau, daß ihr Mann die Eltern sehr liebte, so wie sie ihn liebten. Und genau dazu paßte ihr hinterlistiger Plan, den sie nun schmiedete. „Wenn die Eltern ihren

Sohn keine Gehorsamkeit lehren, haben sie es nicht anders verdient, zum Fest allein zu sein... Doch ist er nicht nur ihr Sohn, sondern auch mein Ehemann! Das wurde gerichtlich festgelegt, schwarz auf weiß... Habe ich dann nicht auch das Recht, ihm überallhin zu folgen?"

Mit Sicherheit hatten die beiden Alten keine Ahnung von den finsteren Gedanken ihrer Schwiegertochter. Doch angenommen, sie hätten sie gekannt, sie wären nicht darauf gekommen, daß sie sie in die Tat umsetzte. Luu war diejenige, die von allen Beteiligten am meisten litt, und auch diejenige, die immer wieder bloßgestellt wurde. Das wußte Luu, und ihre Schwiegereltern wußten es auch. Deshalb verhielten sich sich sehr tolerant ihr gegenüber, auch wenn ihnen bisweilen das Benehmen und der Umgangston der Schwiegertochter nicht gefielen. Das war immer dann der Fall, wenn Luu ihren Haß nicht mehr unter Kontrolle hatte und den beiden Alten unverschämte Anspielungen an den Kopf warf oder ihre Kinder grundlos beschimpfte und schlug.

Ein leichter Wind zog über die Felder hinweg. Das Fest der Kuchen und Leckereien war vorüber, und eh man sich versah, war es bereits April geworden. Der Achte, Buddhas Geburtstag, war ein Feiertag. Die Großeltern gingen mit den beiden Enkeln in die Pagode. Luu hatte frei, saß allein zu Haus und langweilte sich. Plötzlich kam ihr die Idee, ihren längst gefaßten Plan auszuführen. Sie nahm ihr Fahrrad und machte sich auf den Weg in die Kaserne, um Vu Sinh zu besuchen. Nach einer Stunde stand sie vor dem Tor. Der Wachhabende an diesem Tag war der Gefreite Do. Er kannte die ganze Geschichte von Vu Sinh und seiner Frau. Deshalb gewährte er ihr auch nicht sofort Einlaß, sondern bat sie zu warten und schickte einen anderen Soldaten zu Vu Sinh, um ihm die Nachricht zu überbringen.

„Der Kommandeur erwartet Sie".

Nach diesen Worten öffnete er das Tor und ließ Luu ein. Mit ernster Miene wartete er, bis Luu ihr Fahrrad angeschlossen hatte und führte sie dann ins Gästezimmer. Dort wartete Vu Sinh. Er saß hinter einem klobigen, großen Tisch, auf dem eine geblümte Nylondecke lag. Auf dem Tisch stand eine Vase mit einer Art rosablühendem Myrtengewächs. Von den vier Teetassen auf dem Tablett waren bereits zwei mit Teesud gefüllt. Die Thermoskanne mit dem heißen Wasser war griffbereit. Außer einigen Stühlen war das alles in diesem Zimmer, ein trostloser, unfreundlicher Anblick. Und das Gesicht von Vu Sinh war noch unfreundlicher. Er wartete, bis der Soldat, der Luu ins Zimmer gebracht hatte, gegangen war. Dann fragte er kalt:

„Welcher Umstand führt Sie denn zu mir?"

Luu war so verärgert ob dieser Begrüßung, daß sie die Tränen nur mühsam zurückhalten konnte. Aber sie war nicht hierher gekommen, um vor ihm die Beherrschung zu verlieren. Deshalb antwortete sie mit einer Gegenfrage und wählte genau den arroganten Tonfall, den die Staatsanwältin im Berufungsprozeß angeschlagen hatte, als sie Vu Sinh beschuldigte:

„Wie kommt es denn, daß du an einem Feiertag nicht nach Hause kommst?"

Vu Sinh antwortete kurz:

„Ich habe zu tun."

Daraufhin sagte Luu:

„Was hast du zu tun? Heute ist Sonntag. Früher bist du ja auch alle zwei Wochen nach Hause gekommen."

Der Ehemann antwortete:

„Was früher war, ist vorbei. Heute hat sich die Lage geändert."

Luu schlug einen schärferen Ton an:

„Du warst früher mein Ehemann und bist es heute wieder. Was hat sich also geändert?"

Ganz ruhig antwortete er:

„Ich glaube, da irren Sie sich."

„Wobei sollte ich mich irren?", fragte sie spitz.

Vu Sinh antwortete, ohne seine Frau anzusehen. Er beobachtete währenddessen eine Fliege, die auf einem Sonnenstrahl hin und her schwirrte:

„In allem. Alles, was Sie tun, ist ein einziger Irrtum."

Er verhielt sich vollkommen gleichgültig und kühl. Beinahe gelangweilt beantwortete er ihre Frage, so als müßte er eine Sache erklären, die jeder andere längst verstanden hatte.

Die junge Frau spürte, wie sich ihre Kehle vor Wut zusammenzog, aber sie wußte selbst nicht, wie sie den Anfall zum Ausbruch bringen sollte. So brüllte sie einfach los:

„Ich habe den weiten Weg auf mich genommen, um dich zu sehen. Und du, was machst du? Du zwingst mich in diesem gräßlichen Raum zu sitzen und Tee zu trinken! Hier muß es doch noch andere Räumlichkeiten geben, wo man sich ein wenig erholen kann?"

„Nein, die gibt es nicht", antwortete Vu Sinh. „Das ist hier eine Offiziersschule in einer Kaserne und kein Erholungsheim!"

Das Fenster des Gästezimmers, in dem sie sich getroffen hatten, führte auf einen Hof, der durch mehrere kleine Häuser eingegrenzt war. Davor waren Beete angelegt, auf denen rote Hahnenkamm- und violette Schmetterlingsblumen blühten. Kletterpflanzen, die bis zu den Fenstern emporrankten, schmückten die Außenwände. Diese Region war das „Glücksviertel" der Kaserne. Es war für die Unterkunft der Ehefrauen vorgesehen, die von weit her kamen, um ihre Männer, sowohl die Offiziersschüler als auch deren Vorgesetzte, zu besuchen. Jedes Haus hatte fünf separate Zimmer, deren Wände mit farbigen Plakaten unterschiedlicher Motive beklebt waren; mal war es ein wohlgenährtes Baby, mal eine hübsche Tänzerin mit einem Blumenkörbchen in der Hand. Vor einer Woche hatte Sergeant Do seine Frau hier empfangen. Für die Ehepaare waren diese kleinen Zimmer wie ein Himmelreich. So dachten zumindest die Männer darüber und Vu Sinh auch. Luu hatte längst von diesem „Glücksviertel" gehört und bestand gerade jetzt darauf, es kennenzulernen.

„Du mußt mich dort hinführen, verstehst du? Du mußt", stieß sie haßerfüllt und mit erstickender Stimme aus. Dann übermannte sie ein Tränenausbruch. Vu Sinh stand auf und ging nach draußen.

Fünfzehn Minuten später kehrte er ins Zimmer zurück, setzte sich und sprach mit ruhiger Stimme: „Begreifen Sie doch endlich! Es ist nicht meine Schuld, daß alles so gekommen ist."

Hochrot im Gesicht, mit haßerfülltem Blick und zusammengekniffenen Lippen wischte sich Luu die Tränen ab und stand auf. Ohne sich zu verabschieden nahm sie ihr Fahrrad und verließ die Kaserne...

Als sie am nächsten Tag zur Arbeit kam, lag ein Brief von Hong Tham auf ihrem Schreibtisch.

„Meine liebe Luu, da es mir gut geht und ich zudem regelmäßig Nachricht von meiner Familie erhalte, kann ich in aller Ruhe meine Schulung absolvieren. Vor zwei Monaten hatte ich eine Zusammenkunft mit der Vizepräsidentin des Provinzgerichtes, die mich informierte, daß deine Berufung erfolgreich verlaufen ist. Dazu beglückwünsche ich dich außerordentlich, meine Liebe! Wir haben gesiegt! Das müssen wir unbedingt feiern, wenn ich wieder zurück bin. Du hast es geschafft, dein Glück zu verteidigen. Du bist nun ein Beispiel für die anderen Frauen. Sie werden aus deinem Fall lernen, daß es möglich ist, allein durch Entschlossenheit das Glück einer ganzen Familie zu bewahren.

Ich wünsche dir Gesundheit und Erfolg in deiner politischen Arbeit.

Auf Wiedersehen, meine Liebe. Ich drücke dir ganz fest die Hand."

Schweigend legte Luu den Brief in das Schubfach ihres Schreibtisches. Darin lagen all die Sachen durcheinander, die sie nicht mehr gebrauchen konnte: zerknülltes beschriebenes und zerrissenes Papier, ein paar abgerissene Blusenknöpfe, die sie aus Bequemlichkeit hineingeworfen hatte…

Dann nahm sie ihre Unterlagen und quälte sich mit irgendwelchen Berechnungen herum.

Tage und Wochen waren vergangen. Dennoch war Luu nicht bereit, die schmähliche Niederlage in der Kaserne zu vergessen. Sie mußte ein neues Treffen mit Vu Sinh arrangieren und ihn zwingen, sich mit ihr über ihre Ehe zu unterhalten. Sie konnte ihm nicht erst den Krieg erklären, um gleich darauf zu kapitulieren. Und wieder dachte sie sich einen Plan aus…

Nach dem Sonnenkalender stand der erste Juni vor der Tür: Kindertag. Luu erklärte ihren Schwiegereltern, daß sie aus diesem Anlaß über die Dörfer müßte, um dort die Feierlichkeiten für die Kinder mit vorzubereiten. Aus diesem Grund sei sie mindestens drei, vier Tage unterwegs.

Ganz sicher schickten daraufhin die Großeltern die beiden Enkel in die Kaserne, um den Vater zu bitten, am Kindertag nach Hause zu kommen, um gut zu essen und ein wenig zu feiern. Nach seiner Zusage würde die Schwiegermutter sofort anfangen zu kochen und zu braten, mit Sicherheit Huhn und Klebreis, vielleicht sogar Aschekuchen, wenn sie noch Aromawasser auftreiben konnte, Gemüse putzen…

Das alles vermutete und hoffte Luu. Es stimmte sie zwar ein wenig traurig, doch der Haß und ihr Rachegefühl waren stärker.

Noch in der Morgendämmerung des dreißigsten Mai verstaute sie ihre Sachen in einer Tasche, schnallte sie auf den Gepäckträger und machte sich auf den Weg in ihr Büro. Zwei Tage und zwei Nächte blieb sie dort. Am frühen Nachmittag des dritten Tages fuhr sie nach

Hause. Alles, was sie vorausgeahnt hatte, war eingetreten. Von Speisen umgeben saß die ganze Familie bei Tisch. Das große Kupfertablett, so blankgeputzt, daß es blendete, war überfüllt mit Hühnerfleisch und mit Zitronenscheiben garniert. Nudelsuppe, Fleischpastete, gedämpfter Klebreis, gezuckerter Aschekuchen…

Alles in allem die Gerichte, die Vu Sinh am liebsten aß, schon als kleiner Junge, als er noch etwas wacklig auf den Beinen war, und heute erst recht, da er nur noch selten zu Hause war.

Als Luu das Zimmer betrat, war die Ungezwungenheit der Familie wie weggeblasen. Wie von selbst stellten alle ihre Schälchen ab und ließen die Stäbchen fallen. Die beiden Kinder drehten sich erschrocken um und sahen die Mutter an. Auch sie stießen keine Freudenrufe aus wie sonst, wenn sie kam. Die Schwiegermutter stand auf und sagte:

„Bringt einen Stuhl für eure Mutter. Ich hole Stäbchen und ein Schälchen."

Die Schwiegertochter reagierte bissig:

„Nur keine Umstände meinetwegen, Großmutter."

Sie hatte ihre Antwort wie eine brennende Fackel in ein kurz vor der Explosion stehendes Pulverfaß geworfen. Die Großmutter hatte nicht mehr die Kraft, etwas zu erwidern. In bedrückter Stimmung war sie an ihrem Platz stehengeblieben. Ihr Mann sah sich in aller Ruhe die Fleischplatte an. Die Kinder, die sich unbemerkt noch ein Stück Huhn in den Mund gesteckt hatten, saßen mit aufgerissenen Augen da.

Vu Sinh stand auf, nahm seine Mütze und holte das Fahrrad vom Hof.

Luu lief hinterher und stellte sich ihm in den Weg:

„Wo willst du denn hin? Bleib hier. Ich will mit dir reden…"

Der junge Mann antwortete:

„Ich habe keine Zeit, entschuldigen Sie mich."

Er hob sein Fahrrad hoch, um an seiner Frau vorbeizukommen.

Luu warf den Bambushut, den sie seit ihrer Ankunft noch immer in der Hand hielt, wütend auf die Erde und schrie:

„Du hast nicht das Recht, mich so zu behandeln. Du bist mein Ehemann. Das Gericht hat es so entschieden."

Um sich ihrem sinnlosen Wutausbruch zu entziehen, antwortete er gleichgültig: „Wenn das so ist, dann gehen Sie doch zum Gericht und suchen Sie ihren Ehemann dort."

Vu Sinh schob sein Rad auf die Straße und fuhr los.

Die Mutter rannte hinter ihm her und rief etwas. Doch er reagierte nicht. Ins Haus zurückgekehrt, schaute sie traurig auf das gute Essen: Was hatte es sie für Anstrengungen gekostet, all die Zutaten zu erwerben. Mit wieviel Mühe und Aufwand hatte sie gekocht, gebacken, gebraten – zwei volle Tage lang, und mit welcher Ungeduld hatte sie darauf gewartet, ihren Sohn zu Hause bewirten zu können... Resigniert und übermüdet von den Strapazen der letzten Tage legte sie sich auf ihr Bett.

Luu saß völlig niedergeschlagen auf den Treppenstufen. Eines wußte sie genau, diesen Auftritt würden ihr ihre Schwiegereltern nicht so schnell verzeihen, auch wenn sie es ihr nicht ins Gesicht sagten. Und sie, Luu, würde weiterhin hier wohnen und nach wie vor der Dorn in ihren Augen sein, der Dolch in ihren Herzen. Sie war an allem schuld. Schuld, daß Vu Sinh nicht mehr nach Hause kam, schuld, daß er nicht zu ihr zurückwollte, und schuld, daß er die andere Frau nicht aufgab.

Je mehr Luu das Gesicht vor ihren Schwiegereltern verlor, desto dreister und schamloser wurden ihre Mittel, um Vu Sinh zu vernichten. Dabei dachte sie nicht nur daran, sich an ihm zu rächen, sondern auch, ihre Rivalin zu verletzen und von seiner Seite zu vertreiben. Zunächst wollte sie eine Bekannte überreden, mit ihr zur Theatergruppe des Jugendverbandes zu fahren, um diese Frau bloßzustellen und ihr eine abscheuliche Szene zu machen. Dann würde sie sich an die Parteiorganisation von Vu Sinh wenden, um ihm ein Parteiverfahren wegen Bigamie anzuhängen, so daß man ihn aus der Partei ausschließen mußte. Mehr noch, sie würde eine Klage beim Militärgericht einreichen... und so weiter und so weiter.

All diese Möglichkeiten, die sie erwog, kannte sie bisher nur vom Hörensagen. Früher war Luu eine naive, wenig gebildete, duldsame Frau. Jetzt war sie in erster Linie auf Gegenwehr bedacht und entwickelte sich mehr und mehr zu einer provokanten, schamlosen und unhöflichen Person. Es war der Weg, den sie gewählt hatte. Er war es, der sie so verändert hatte. Doch trotz ihrer Verwandlung war Luu noch nicht fähig, ihre Pläne allein auszuführen. Sie wartete auf die Rückkehr von Hong Tham, die ihre letzte Hoffnung war und die einzige Person, auf die sie sich in dieser Situation noch verlassen konnte.

Hong Tham kam Ende Juni von ihrem Lehrgang aus Hanoi zurück.

Gleich nach ihrer Ankunft, noch bevor sie in ihre Dienststelle ging, bat sie ihren Mann, Luu in ihr Haus einzuladen. Je mehr Luu die Leidende hervorkehrte, desto wütender wurde die Freundin. Während Luu erzählte, lief Hong Tham im Zimmer umher und warf kopfschüttelnd immer nur den einen Satz ein:

„Das kann doch nicht wahr sein! Das kann doch nicht wahr sein!"

Gleich am nächsten Morgen lieh sich Hong Tham von den örtlichen Sicherheitsorganen ein Fahrzeug und fuhr in offizieller Mission geradewegs zur Arbeitsstelle von Vu Sinh. Unnachgiebig im Ton, klug im Anführen von Beweisen und mit einer gewissen Art von Sympathie im Auftreten, schilderte sie die Situation aus ihrer Sicht und verlangte gnadenlos eine sofortige und angemessene Bestrafung von Vu Sinh. Der Direktor der Schule sah sich gezwungen, Hong Tham zu versichern, sowohl eine Meldung an die übergeordnete Dienststelle zu machen als auch den Vorgang zur bevorstehenden Beförderung von Vu Sinh zu stoppen. Doch damit war für Hong Tham die Sache noch nicht abgeschlossen. Da der Direktor gleichzeitig Parteisekretär der Schule war, fuhr sie fort, das Benehmen Vu Sinhs als Parteimitglied scharf zu kritisieren. Sie sprach davon, daß durch sein Verhalten nicht nur der Ehre der Armee in der Region schwerer Schaden zugefügt worden sei, sondern daß er als Parteimitglied auch eine besondere Verpflichtung habe, sich um seine Frau, die Zukunft seiner Kinder und das Glück der ganzen Familie zu kümmern. Vu Sinh habe die Pflicht, die Familie und die Jugend der Gesellschaft um jeden Preis zu schützen... Hong Tham steigerte sich mehr und mehr in ihre Rede hinein. Ihre Stimme wurde immer fester, ihre Argumente wurden schlagkräftiger. Sie sprach so überzeugend und verknüpfte die Beschuldigungen gegen den einzelnen so geschickt mit der Partei, daß sie zu dem Ergebnis kam: die Parteiorganisation als Ganzes müsse ihre Schlußfolgerungen aus dem Verhalten dieses Genossen ziehen...Hong Tham zwang den Parteisekretär der Schule, Vu Sinh vor der gesamten Grundorganisation eine strenge Rüge auszusprechen und ein Parteiverfahren gegen ihn einzuleiten.

Wieder in ihrer Dienststelle, begann Hong Tham sofort, alle Vorbereitungen für eine weitere Dienstreise zu treffen. Drei Tage später fuhr sie gemeinsam mit Luu in Richtung Hanoi. Ihr Ziel war die Außenstelle des Kommunistischen Jugendverbandes, in der das Künstlerensemble der Armee seine Programme erarbeitete und probte – die Arbeitsstelle von Hanh Hoa.

Zu diesem Zeitpunkt war Hanh Hoa der glücklichste Mensch auf Erden. Privat hatte sie eine neue Liebe gefunden, und ihre künstlerische Laufbahn verlief glänzend. Man hatte sie kürzlich für die Teilnahme an den Weltfestspielen in Moskau ausgewählt. In zwei Monaten sollte sie fliegen.

Welch ein Horizont öffnete sich dieser jungen Frau! Welch hoffnungsvolles Leben hatte sie vor sich!

In welchem Gegensatz dazu stand der böse Auftritt der beiden Frauen, die auf dem Weg zum Sekretariat des Jugendverbandes waren, um Hanh Hoa aus heiterem Himmel zu beschuldigen, das Glück anderer Menschen zerstört zu haben.

Nachdem sie sich zu ihrer Liebe bekannt hatte, war sie mit Vu Sinh gemeinsam zur Leitung des Jugendverbandes gegangen, um ihre Beziehung öffentlich bekanntzugeben. Niemand hatte Bedenken gegen ihre Verbindung, Vu Sinh war ebenso frei wie sie es war.

Völlig ahnungslos betrat Hanh Hoa das Büro der Leitung, in das man sie gerufen hatte. Als sie die beiden fremden Frauen sah, war sie gar überzeugt, eine positive Mitteilung über ihren Flug nach Moskau zu erhalten. Erst als sie den Frauen direkt gegenüberstand und sie sich etwas genauer betrachtete, wurde ihr plötzlich einiges klar. Die eine sah kühl und abweisend aus, die andere, hochrot im Gesicht, sah Hanh Hoa so vorwurfsvoll an, daß diese blaß wurde vor Schreck.

„Ich schwöre, daß ich von nichts eine Ahnung hatte. Wirklich, absolut nicht", rief sie sofort. Dieser kurze, aber heftige Auftritt Hanh Hoas hatte den beiden Damen zunächst den Atem verschlagen.

„Zu unserem Bedauern sind wir über die Veränderungen der familiären Verhältnisse des Genossen Vu Sinh überhaupt nicht informiert worden", sagte der Sekretär des Verbandes. „Nicht einmal unsere Genossin Hoa wußte davon, nicht wahr, Hanh Hoa?"

„Das ist die Wahrheit", antwortete Hanh Hoa, so, als hätte sie einen Kloß im Hals.

Zum Schluß sprach die kühle, abweisende Frau:

„Wir haben Ihnen die ganze Situation in aller Deutlichkeit geschildert, und ich rechne mit Ihrer Unterstützung. Denn um das Glück der Familien zu verteidigen, sollten wir immer gemeinsam handeln, da sie das Fundament unserer Gesellschaft sind."

Nach diesen Worten erhob sich die Frau, reichte dem Sekretär die Hand und ging zur Tür. Die Frau mit dem hochroten Gesicht folgte ihr. Ihr Auto fuhr donnernd vom Volleyballfeld und hinterließ eine graue Staubwolke.

Die junge Schauspielerin stand regungslos in der Mitte des Zimmers. Sie war eine einfache Frau, niemals hinterlistig. Jetzt hatte sie das Leben zur Närrin gemacht. Es fiel ihr schwer, mit dieser Art Täuschung fertig zu werden. Der Sekretär sah sie an und bemerkte, wie sich ihre Augen mit dicken Tränen füllten. Er sagte zu ihr:

„Setzt dich, Hoa…. Nun ist es schon zum zweiten Mal schiefgegangen, kleine Schwester. Bei deinem ersten Versuch konnte man sagen, Pech gehabt, das überstehst du, denn er war nicht viel wert. Doch jetzt, bei diesem Mann, dem genauen Gegenteil vom ersten, und wieder eine Enttäuschung… Ich bin wirklich nicht abergläubisch, aber langsam glaube ich, daß du dich mit deinem Schicksal abfinden mußt…“

7

Eines Abends, als Vu Sinh gerade dabei war, einige fremdsprachige Dokumente zu übersetzen, kam plötzlich ein Soldat ins Zimmer und meldete Besuch für ihn.

„Weißt du, wer es ist?“ fragte er den Wachhabenden mit klopfendem Herzen. Seine innere Stimme sagte ihm, daß es nur Hanh Hoa sein konnte. Aber dieser überraschende Besuch, der erste, den sie ihm in der Kaserne abstattete, sollte kein fröhliches, ganz normales Wiedersehen werden.

Der Soldat zögerte, dann stammelte er:

„Zu Befehl, Genosse Kommandeur, es ist... eine Frau. Und ... sie kommt mir bekannt vor, so als hätte ich sie schon einmal gesehen...“

Der Hauptmann stand auf, nahm seine Jacke vom Haken und sagte:

„Gut. Ich gehe ins Gästezimmer. Führ sie dort hin.“

Aber er ging nicht ins Gästezimmer, sondern direkt zum Kasernentor. Als er ankam, ließ der Diensthabedne gerade eine Frau passieren. Er ging voraus. Eine zierliche, anmutige Gestalt folgte ihm.

„Hanh Hoa“, rief Vu Sinh laut.

Verwirrt blieb die Frau einen Moment stehen, erst dann erkannte sie ihn. Zwar drang der Lichtschein aus dem Zimmer des Wachgebäudes durch das Fenster, doch war es nicht hell genug, um eine Gestalt in der Dunkelheit genau zu erkennen.

„Bist du es?", fragte sie, noch immer zweifelnd, mit zitternder Stimme.

Der Wachhabende stand jetzt direkt vor dem Hauptmann.

„Genosse Hauptmann, gestatten Sie, daß ich zurück auf meinen Posten gehe?"

Vu Sinh nickte. Flink wie ein Eichhörnchen, das in der Dunkelheit über die Dächer huscht, machte der Soldat kehrt und war verschwunden. Jetzt antwortete Vu Sinh auf die Frage der geliebten Frau: „Natürlich bin ich es, meine liebe Hoa."

Beide standen sich regungslos in der Dunkelheit gegenüber. Nur wenige Schritte von ihnen entfernt, dort wo der Lichtschein durch das Fenster drang, waren Soldaten ganz eifrig beim Schachspielen.

„Zieh dein Pferd. Zieh doch dein Pferd", schrie jemand.

„Wenn du den Zug jetzt nicht gemacht hättest, wärst du schon matt."

Sie waren sich so nah, daß Vu Sinh ihren Atem spürte und das regelmäßige, zu schnelle Klopfen ihres Herzens vernahm. Und die junge Frau hörte deutlich, wie der geliebte Mann immer wieder Speichel im Mund sammelte, um ihn durch den trockenen Hals hinunterzuwürgen. Es hörte sich an, als versuchte er vergeblich, einen steckengebliebenen Happen herunterzuschlucken.

„Weißt du eigentlich, daß ich sehr unglücklich bin?"

Hanh Hoa begann das Gespräch.

„Ich weiß, ich weiß... Ich habe mich hier auch furchtbar gequält. Die ganze Woche lang mußte ich eine Selbstkritik nach der anderen schreiben. Und..."

Er brach den Satz ab. Hanh Hoa verstand, daß es ihm peinlich war, jede Kleinigkeit seines Schmerzes vor ihr auszubreiten. Und als sie ihn mit ihren liebenden Augen ansah, erkannte sie trotz der Dunkelheit die Erschöpfung in seinem Gesicht, die Augenringe, die die schlaflosen Nächte hinterlassen hatten, die Kummerfalten, die in den Mundwinkeln zum Vorschein kamen, den leichten Bartansatz auf seinen Wangen... Durch seine Schmerzen konnte sie ihre eigenen leichter ertragen.

Vu Sinh sprach mit sanfter Stimme:

„Ich weiß, daß ich alles falsch gemacht habe... Ich hätte dieses furchtbare Mißverständnis vermeiden müssen und nicht schweigen dürfen. Doch du mußt mir glauben, daß ich nur dir gehöre, solange ich lebe."

Obwohl er leise sprach, spürte sie seine Worte wie Steine auf ihr Trommelfell donnern. Mit jeder Silbe begann ihr Herz höher zu schlagen. Es war die zurückhaltende Art, die Ruhe in seiner Stimme, der unvergleichbare Ton, der ganz und gar nichts von einem Schwur an sich hatte. All das überzeugte sie davon, daß er die Wahrheit sagte.

Und so vergaß sie die bitteren und scharfen Worte, die sie sich auf dem Weg zur Kaserne für ihn zurechtgelegt hatte. Sie hob ihre Hand und schob die Fingerspitzen durch die Knopfleiste seiner Uniformjacke. Ganz allmählich erwärmten sich ihre eiskalten Finger und sie spürte, daß das Herz in seiner Brust so aufgeregt schlug wie bei einem zappelnden Fisch, der ins Netz geraten war...

„Laß uns jetzt hineingehen, Liebes."

Er führte sie ins Gästezimmer. Dort war es ungemütlich und kalt. Nur eine Thermoskanne mit heißem Wasser stand neben dem Tisch. Vu Sinh brühte zuerst Tee auf und goß ihr ein Schälchen ein. Dann umwickelte er die heiße Teekanne mit seinem Taschentuch und legte beide Hände der geliebten Frau vorsichtig darauf. Hanh Hoa ließ sich auf einem Stuhl nieder und schloß ihre Augen. Es waren die

Anstregungen und die Sorgen um ihre Liebe zu Vu Sinh, die sie erschöpft hatten.

In dieser Nacht kamen sie beide nicht zum Schlafen, da Hanh Hoa am Morgen wieder in ihrer Dienststelle sein mußte. Sie saßen die ganze Zeit im Gästezimmer. Und damit ihnen niemand etwas unterstellen konnte, ließen sie das Licht brennen und die Tür weit offen stehen. Die Öllampe verbreitete einen außergewöhnlichen Lichtschein, ihr Docht flammte wie eine Fackel. Und noch etwas war außergewöhnlich: das Bild, das die beiden Liebenden boten. Jeder von ihnen saß an einem Ende des riesigen Tisches, der das ganze Zimmer einnahm. Ihre Gesichter waren so angespannt, als säßen sie an der Front und warteten auf den Angriff. Absolut nichts deutete darauf hin, daß es sich um zwei Liebende handelte. Um vier Uhr morgens holte der Hauptmann seinen Mantel, nahm sein Fahrrad und brachte Hanh Hoa zur Bushaltestelle. Unterwegs wurden sie von einem gewaltigen Regenguß überrascht. In aller Eile suchten sie unter dem Dach eines Verkaufsstandes Schutz. Doch hier kamen sie vom Regen in die Traufe. Das Dach war nicht wasserdicht und die Regentropfen ergossen sich in breiten Rinnsalen über ihre Köpfe. Vu Sinh öffnete seinen Mantel, so daß Hanh Hoa darunter Schutz fand. Ihr schlanker Körper schmiegte sich an den seinen und sie umarmte ihn fest. Dann verschloß er den Mantel und legte beide Arme um sie, um ihr Wärme und Geborgenheit zu geben. Die kleinen Regenbäche liefen weiter vom Dach, zuerst auf seinen Kopf und dann den Nakken hinunter. Seine Haare waren völlig durchnäßt. Indes schmiegte sich Hanh Hoa wohlig an seine breite Brust. Sie hob die Augen und suchte seine Lippen. Sie küßten sich. Nachdem er sich von ihren schönen, warmen Lippen getrennt hatte, sah Vu Sinh an sich hinunter. Was für ein Bild bot sich ihm! Sie beide waren nicht nur vom Regen durchnäßt und mit Schlamm bespritzt. Jetzt lief auch noch weißes Kalkwasser vom Dach über seinen Mantel. Und plötzlich begriff er den ganzen Jammer dieser Situation. Er schämte sich, da er weiter nichts für die geliebte Frau tun konnte, als sie vor einem Regenguß zu beschützen. Er hatte nicht verhindern können, daß sie erneut eine Enttäuschung in ihrem Leben erlitten hatte. Und er, hatte er nicht selbst Schutz nötig vor seinem eigenen unglücklichen Leben?

Wie lange noch schwebte die fehlgeschlagene, längst vergangene Liebe wie ein Damoklesschwert über ihm? Wann würde er endlich von dieser Qual befreit? Er wußte es nicht. Seine Zukunft bestand aus einer einzigen dichten Nebelwand.

„Großer Bruder?"

Hanh Hoa spürte, was in ihm vorging. Ihre Gedanken gingen in dieselbe Richtung.

„Was werden wir jetzt tun, großer Bruder?"

Vu Sinh wiederholte mechanisch ihre Frage:

„Was werden wir jetzt tun?"

Hanh Hoa nahm eine Hand von seinem Rücken und legte sie auf seine Schulter. Dann sagte sie:

„Es bleibt uns nichts anderes übrig, als uns zu trennen."

Entrüstet rief er:

„Nein! Niemals ... Nicht im ganzen Leben!"

Eilig beugte er sich nach unten und küßte zitternd ihr Gesicht, ihre Augen, ihre Lippen. Diese Küsse waren ebenso wild und stürmisch, wie das tobende Unwetter um sie herum.

„Ich will es ja auch nicht... mir geht es genauso wie dir."

Die junge Frau konnte diese Worte nur mühsam zwischen den langen und heftigen Küssen, die sie fast erstickten, hervorbringen. Sie legte ihre warme Hand auf seinen Hals. Sie spürte, daß der Hemdkragen und seine Haare völlig durchnäßt waren.

Die Männer sind auf der Welt, um die Frauen zu lieben. Und für ihn gab es nur diese eine Frau und keine andere. Als er ihr zum ersten

Mal begegnet war, hatte es ihn wie ein Blitz getroffen und nie wieder losgelassen. Darin bestand das ganze Geheimnis der Liebe zwischen Vu Sinh und Hanh Hoa. Ihr eigentliches Liebesleben war beschränkt, denn sie hatten nur wenig Gelegenheit und wenig Zeit, sich zu treffen. In der restlichen Zeit mußten sie ihre Gefühle beherrschen und sich in Gedanken, über Entfernungen hinweg lieben. Das waren die Stunden, in denen ihnen nur die Arbeit half, ihr Verlangen zu unterdrücken. Wenn solch eine Liebe Bestand hatte, dann verblaßten in den Minuten des Zusammenseins die Entbehrungen und dann war sie auch fest und stark genug, um Hindernissen, denen sie jetzt gegenüberstand, auszuweichen, ohne sie ins Wanken oder in wirkliche Gefahr zu bringen. Beide hatten Unglück und Verzweiflung hinter sich. Beide ließen sich von ihrer neuen Leidenschaft hinreißen und fanden eine neue, aufrichtige, tiefe Liebe, die sie mit ganzer Kraft festhielten.

Bis zu dem Tag, an dem Vu Sinh Hanh Hoa im Regen zur Bushaltestelle gebracht hatte, hatte er seine Briefe nie direkt an sie adressiert, sondern immer an ihre Tante in Hanoi geschickt. Er selbst hatte von ihr niemals Post erhalten. Sie vertraute all ihre Gedanken und Gefühle ihrem Tagebuch an, das sie ihm jedesmal, wenn sie sich trafen, zum Lesen gab.

Die Orte, an denen sie sich trafen, mußten sie ständig wechseln. Die Verabredungen, die sie vereinbarten, waren immer wieder mit Schwierigkeiten verbunden. Manchmal verspätete sich der Zug von Hanh Hoa um mehr als drei Stunden. Manchmal hatte das Motorrad von Vu Sinh mitten auf dem Weg eine Panne… Beide mußten sich daran gewöhnen, Geduld zu bewahren. Keiner durfte dem anderen etwas vorwerfen oder gar böse werden. Die Bedingungen ihrer Liebe waren so extrem, daß viele Dinge, die für jedes andere Liebespaar ganz normal waren, für sie nicht nicht in Frage kamen: gemeinsam ins Kino oder Theater gehen, konnten sie nicht. Ebensowenig einander Geschenke machen. Das wäre alles zu auffällig gewesen. Sich zu streiten, einen losen Knopf anzunähen, eine offene Naht zu schließen oder einen Pantoffel zu reparieren, von dem sich die Sohle gelöst hatte, war auch nicht möglich. Sie hatten keine Zeit dafür. Zeit war für sie so viel wert wie Gold. Ihnen blieben nur ihre Küsse, ihre Umarmungen und Liebkosungen. Sie waren das Wichtigste in der Zweisamkeit ihres komplizierten Lebens, das sie gewählt hatten. Und jede Zärtlichkeit entschädigte sie für die schlaflosen Nächte, für das stundenlange Warten an der staubigen Haltestelle, für die ungesunden Abgasschwaden an der Straße… Oft hielt Vu Sinh traurig die zarten, kleinen Füße der Geliebten in seinen Händen, wie jemand, der einen jungen Sperling wärmt, und sah ihr verträumt und doch hoffnungsvoll in die Augen: „Was wäre, wenn uns ein kleines Stück des Himmels gehören würde. Was wäre, wenn wir eigenes Land und ein eigenes Haus besäßen. Niemand, nicht ein einziger Mensch würde uns dort stören dürfen… Niemand, nur der Wind…"

Immer, wenn Hanh Hoa ihn nach seinen Gedanken fragte, erzählte er ihr von diesem Traum. Dann lachte sie jedes Mal, legte die Hand auf seine Stirn und sagte: „Das ist ein Traum, der niemals Wirklichkeit wird. Niemals… Wir beiden werden weiterhin ein so jämmerliches Dasein führen. Es sei denn…"

„Es sei denn?"

„Es sei denn, deine Frau findet einen Mann, heiratet wieder und läßt sich zum zweiten Mal scheiden."

„Das letzte Mal hatte sie ja schon einen gefunden, einen gewissen Moc. Sogar der Hochzeitstermin stand schon fest. Verstehe wer will, warum sie das plötzlich alles hat sausen lassen…"

„Weil sie immer noch an dir hängt, vielleicht auch nur an dem Haus und an den Kindern."

„Und aus diesem Grund sollen mir für immer die Hände gebunden sein?"

„Im Moment jedenfalls. Erst wenn deine Frau wieder ehrlich zu sich selbst wird oder die wirkliche Liebe findet. Erst dann werden wir von unserem kläglichen Dasein befreit sein.“

Hauptmann Vu Sinh seufzte. Auch er sah nur diese Möglichkeit und hoffte, daß dieser Tag kommen würde. Doch die Tage und Monate, die Zeit floß endlos dahin, wie das Wasser im Fluß. Und das Liebespaar wartete, sorgenvoll und sehnsüchtig. Es wartete auf dieses Glück, das ihnen das Schicksal bescheren würde. Vu Sinh und Hanh Hoa hofften darauf, so wie man hofft, daß dunkle Wolken unerwartet und spurlos vom Himmel verschwinden. Doch die vielen Monate und Jahre, die sie für das spurlose Verschwinden der dunklen Wolken ausharren mußten, nutzten sie für sich, um ihren Liebeshunger zu stillen. Und ihr heimliches Glück hielt sie zusammen, auch wenn ihnen für ihre Liebe immer nur wenig Zeit blieb.

8

Obgleich die Beförderung des Hauptmann Vu Sinh zum Major zurückgezogen und er vor den Genossen der Parteigrundorganisation heftig kritisiert worden war, und obgleich seine Geliebte gezwungen worden war, die Beziehungen zu ihm abzubrechen, hatte es Luu nicht geschafft, den Ehemann nach Hause zurückzubekommen.

So wurde sie immer dreister und frecher.

Sie fuhr zur Kaserne und verlangte von der Leitung ein Zimmer im „Glücksviertel". Vor versammelter Mannschaft rief sie ihm liebevolle Worte zu, beschimpfte und bedrohte ihn, spielte sich auf, als wäre er ihr Eigentum. Doch Hauptmann Vu Sinh blieb kalt wie Eiswasser. Eine ganze Woche verbrachte sie allein im „Glücksviertel", in dessen Nähe ihr Mann nicht einmal einen Fuß setzte. Jeden Tag ging sie in die Kantine und ließ sich die Reisration ihres Mannes servieren. Wenn er zum Essen kam und die Küche sich dafür entschuldigte, alles an seine Frau ausgegeben zu haben, verzichtete er. Entweder er hungerte oder ging ins nahegelegene Dorf und kaufte sich Mandarinen und gekochte Maniokknollen. Nach dem dritten Tag beauftragte der Parteisekretär die Küche, den Reis so aufzuteilen, daß er auch für Vu Sinh noch reichte. Immerhin gehörte er zu den führenden Ausbildern der Schule, dessen Gesundheit nicht gefährdet werden durfte. Der Parteisekretär bat Luu zu einem kurzen Gespräch ins Gästezimmer:

„Ich habe wirklich sehr viel Verständnis für Sie, aber ich kann nicht zulassen, daß Vu Sinh auf diese Art und Weise unter Druck gesetzt wird. Wenn er krank wird, ist unsere Schule nicht in der Lage, die vorgeschriebenen Ergebnisse zu erbringen. Ich hoffe, Sie verstehen mich…"

Nach diesen Worten reichte er Luu nervös die Hand, drehte sich um, ging in sein Zimmer und schloß die Tür. Luu blieb allein zurück. Auf dem Tisch stand wieder das blühende Myrtengewächs in der Vase und das Tablett mit sauberem Teegeschirr. Sie begriff plötzlich, daß all die dreisten Methoden, die ihr sowohl Hong Tham als auch die anderen Mädchen des Frauenverbandes vorgeschlagen hatten, völlig ohne Wirkung geblieben waren. Vor den neugierigen Augen hunderter Soldaten der Schule hatte sie sich lächerlich gemacht und das Bild einer furchtbaren Frau abgegeben. Jedesmal, wenn sie zum Essen ging, waren alle Augen der Soldaten auf die Frau des Hauptmanns gerichtet, die gekommen war, um „Schadenersatz von ihrem Ehemann" zu fordern. Und dann flüsterten sie und lachten verstohlen. Am Morgen der zweiten Woche hielt es Luu nicht mehr aus in der Kaserne. Sie packte ihre Sachen und fuhr nach Hause. Die Schwiegereltern nahmen ihre Rückkehr gelassen hin. Sie sahen sie nur neugierig und mitleidig an. Ein Mitleid, das zwischen Verachtung und Zorn lag. In altbekannter Art warf Luu ihren Bambushut auf die Treppe, ging in ihr Zimmer und weinte vor Wut. Dann schlief sie bis zum späten Nachmittag und stand erst gegen siebzehn Uhr wieder auf. Als sie aus dem Zimmer kam, waren ihren Augen angeschwollen wie nach einem Bienenstich. Kurz darauf kam ihr elfjähriger Sohn aus der Schule und überfiel seine Mutter mit einer freudigen Nachricht:

„Stell dir vor, Mutti, zum diesjährigen Mittherbstfest organisiert unsere Klasse den Lampionumzug. Ich möchte so gern einen Hasenkopf als Lampion. Du fährst doch für mich in die Provinzhauptstadt und kaufst mir einen, nicht wahr?"

Wütend sah Luu auf ihren Sohn herab und rief:

„Frag doch deinen Vater danach!"

Luu spürte auf einmal, wie sehr sie ihren Sohn haßte. Er hatte große Ähnlichkeit mit Vu Sinh. Sein Gang, sein Lachen bis hin zu den seidigen Haaren und den blassen Wangen, die wie für einen Vollbart geschaffen waren, wie ihn sein Vater jetzt trug.

Der bedauernswerte Junge war durch den Wutausbruch seiner Mutter völlig verunsichert. Der Großvater kam aus dem Garten, faßte seinen Enkel bei den Schultern und sagte tröstend:

„Sei nicht traurig, mein Junge. Ich habe Onkel Thinh schon gebeten, dir den Lampion zu kaufen."

Der Junge nahm seine Schultasche und ging mit dem Großvater ins Haus. Gleich darauf hörte Luu, wie angeregt sich die beiden unterhielten. Sie fühlte sich einsam und allein. Unbeweglich starrte sie auf den Steinmörser auf ihrem Schoß und die Ranken einer Gemüseart, die zerkleinert und überbrüht ein erfrischendes Getränk ergaben. Ihre Gedanken schweiften und kehrten zurück zum bevorstehenden Mittherbstfest. Da erschauderte sie plötzlich. Genau vor einem Jahr hatte sie gemeinsam mit Moc auf der Veranda ihres kleinen Hauses gesessen und Heiratspläne geschmiedet. Gleich nach der Hochzeit, zwei Wochen nach dem Tet-Fest, wäre er zu ihr gezogen. Zu ihr, in das Zimmer mit dem glänzenden roten Blumenvorhang vor dem großen Doppelbett, mit den bestickten Kissen, die noch wie neu dufteten, mit dem Teegeschirr und der Wasserpfeife aus Bambus, die noch niemand zuvor benutzt hatte…

Und erneut kam ihr das Bild von der reifen Frucht in den Sinn, in die sie den ersten Biß getan, und die sie dann, genau wie die wirkliche Liebe, die ihr begegnet war, einfach fallengelassen hatte. Luu bewegte sich nicht. Sie verhielt sich wie ein Fischer, der gerade einen mächtigen Karpfen in seinen Händen hält und Angst davor hat, daß er ihm jeden Moment entschlüpft und für immer davonschwimmt.

Am nächsten Tag fuhr Luu zur Mittagspause wieder in ihr kleines Haus. Da sie es seit zehn Tagen nicht betreten hatte, roch es etwas muffig in den Zimmern. Auf dem Tisch hatte sich eine Staubschicht gebildet. Als Luu mit der Hand darüberfuhr, waren ihre Finger mit dunkelbraunem Puder bedeckt. Sie öffnete die hintere Tür zum Hof, schöpfte Wasser aus dem Brunnen und säuberte zuerst den Tisch, dann das Bettgestell und schüttelte die Bastmatten aus. Erst als alles vom Staub befreit war und die frische Luft den muffigen Duft vertrieben hatte, setzte sie sich hin. Plötzlich kam ihr ein Gedanke, eine Idee, die sie sofort in die Tat umsetzte. Gleich nach dem Essen suchte sie Moc in seiner Dienststelle auf. Moc trug ein grünes, an der Schulter gestopftes Hemd. Er saß mit gebeugtem Rücken am Schreibtisch, der mit Büchern überfüllt war, und arbeitete angestrengt. Luu stellte sich ohne Zögern neben ihn. Als er sie bemerkte, sah er sich erschrocken im Zimmer um. Sie waren allein.

„Du arbeitest immer noch hier? Warum warst du dann so lange nicht bei mir?“, fragte Luu ungeniert.

Moc antwortete nicht. Statt dessen färbte sich sein Gesicht rot wie eine reife Melone, so als hätte er Alkohol getrunken.

Luu bekam ein flaues Gefühl. Schließlich trug sie die Schuld am Bruch ihrer Beziehung. Sie hatte eine Berufungsklage eingereicht und sie hatte erklärt, zu Vu Sinh zurückzugehen. Und jetzt fragte sie ihn auch noch, warum er nicht mehr zu ihr komme, mit einer Stimme, die seine Wunde wie ein glühendes Eisen treffen mußte, wie der stechende Schmerz eines Pistolenschusses. Während sie so dachte, holte sie sich einen Stuhl und setzte sich neben ihn. Dann fing sie wieder an:

„Du wohnst doch immer noch außerhalb, nicht wahr? Komm doch heute abend mal bei mir vorbei, großer Bruder!"

Moc hatte noch kein einziges Wort gesprochen. Er antwortete auch jetzt nicht.

Luu drängte:

„Sei mir doch nicht mehr böse. Besuch mich heute abend, und dann plaudern wir ein wenig. Wir können doch trotz allem Freunde sein, oder?"

Mit beinahe übermenschlicher Anstrengung öffnete Moc seinen Mund und stieß mit erregter Stimme aus:

„Geh jetzt. Ich komme heute abend."

Dann beugte er sich sofort wieder über seinen Schreibtisch und setzte unter eine lange Zahlenreihe seine Unterschrift.

Nach der Arbeit ging Luu in ihr Haus und aß zeitig zu Abend. Dann kochte sie Wasser, brühte Kaffee, kaufte bei einem Straßenhändler noch einige Stücke Zucker- und Sojabohnenkuchen und wartete auf Moc. Als er gegen sieben Uhr eintraf, nahm er sein Rad nicht mit zum Haus, wie er es sonst getan hatte, sondern schloß es auf der Straße vor dem Gartentor an.

Als Luu das sah, fragte sie erschrocken:

„Warum läßt du dein Fahrrad draußen stehen, großer Bruder?"

Moc erwiderte:

„Ist schon in Ordnung. Ich habe es angeschlossen. Ich bleibe ja nicht lange."

Obgleich sie ihn großer Bruder genannt hatte, fühlte er sich nicht mehr imstande, sie kleine Schwester zu nennen, wie er es früher getan hatte. Er wählte als Anrede das unpersönliche „Ich", ein wichtiges Anzeichen für seine Haltung ihr gegenüber. Natürlich verstand

Luu sowohl die unpersönliche Anrede als auch die Geste mit dem Fahrrad, jedoch wollte sie es sich in diesem Moment nicht eingestehen. So versuchte sie es auf andere Art und Weise. Sie ging kurzerhand zum Gartentor hinaus, hob das angeschlossene Rad in die Höhe und stellte es auf ihrer Veranda ab.

„Hier ist es sicherer. Man hört immer wieder von Dieben…"

Luu machte diese Bemerkung nur, um die verkrampfte Stimmung etwas zu lockern. Moc hatte sich inzwischen in den Sessel gesetzt und schwieg. Luu redete weiter:

„Ich denke, es ist angenehmer, wenn wir uns auf die Veranda setzen. Ich trage gleich mal den Kuchen und den Kaffee nach draußen."

Jetzt antwortete Moc mit ruhiger Stimme:

„Nein, nein. Nur nicht so viel Umstände. Wir können gut und gern drinnen bleiben. Es ist nicht zu warm."

Luu betrachtete den üppigen Jasminbusch, der rings um die Veranda gewachsen war. Die Blüten waren alle verwelkt, nicht eine einzige war noch frisch. Luu wußte, daß sie Moc nicht auf die Veranda bekam, auch wenn sie es ein zweites Mal versuchen würde.

„Möchtest du vielleicht lieber Tee, großer Bruder? Und probier den Kuchen, er ist ganz frisch!"

Luu wirkte niedergeschlagen. Der nicht mehr ganz junge Mann trank schweigend seinen Kaffee. Dann richtete er sich plötzlich im Sessel auf und fragte laut und deutlich:

„Luu, kannst du mir jetzt endlich sagen, warum ich herkommen sollte?"

Auf diese forsche Frage konnte Luu nicht mehr mit einem Lächeln anworten.

„Ich habe dich eingeladen, um … um …"

Schweigend und mit zusammengekniffenen Augenbrauen saß Moc im Sessel. Luu stand vor ihm, die heiße Kanne in der Hand.

Plötzlich stellte sie die Kanne ab, stürzte sich auf ihn und klammerte sich ganz fest an seinen Körper. Dann stieß sie hervor:

„Hast du deine kleine Luu immer noch lieb, mein großer Bruder Moc? Hast du…"

Moc war vollkommen verwirrt. Verzweifelt suchte er nach einer Möglichkeit, sich aus der klammernden Umarmung dieser Frau zu befreien.

„Laß das sein, Luu… Das geht doch nicht… Du sollst das nicht…"

Doch Luu hörte nicht das Geringste. Ihre Erregung war so stark, daß sie völlig den Kopf verlor. Sie ließ ihn nicht los, sondern preßte sich noch fester an ihn und stöhnte:

„Mein lieber, lieber Moc, nur du allein bist es, der mich liebt … Niemand anders als du war so zärtlich zu mir…"

Moc begriff weder ihr Verhalten noch den Inhalt der Worte, die sie ihm zuflüsterte. Er versuchte lediglich, sich mit allen Kräften aus der Umarmung dieser unvernünftigen Frau zu befreien.

„Hör auf damit… Hör auf…"

Moc war ein einfacher und schüchterner Mann. Früher hatte er diese Frau einmal geliebt, ohne große Worte und auf seine zurückhaltende Art. Ihre Beziehung war ernst, denn sie hatten darin die Möglichkeit gesehen, sich ein gemeinsames Leben aufzubauen. Den jetzigen Auftritt von Luu, ihren hysterischen Anfall, der sie wie ein Feuer überkam, konnte er einfach nicht ertragen. Mehr noch, er versetzte ihn in Angst und Schrecken, so als hätte er es mit einer Geisteskranken oder einfach einer Verrückten zu tun.

„Hör zu jetzt… Laß mich los…", stammelte er.

Völlig am Ende und total verschwitzt stieß er sie schließlich von sich und lief sofort auf die Terrasse hinaus. Noch ganz außer Atem entsicherte er sein Fahrrad, schob es auf die Straße und fuhr davon.

Luu war wie betäubt. Sie wußte nicht mehr, was sich in der letzten halben Stunde zugetragen hatte. Erst als sie wieder klar denken konnte und sich an jedes Detail erinnerte, schämte sie sich furchtbar und brach in Tränen aus. Sie warf sich auf ihr Bett, verfiel in einen Halbschlaf und quälte sich die ganze Nacht über mit verworrenen Gedanken und verschleierten Bildern. Am nächsten Morgen stand sie früh auf und fuhr zum Dienst. Dort übertrug man ihr die Arbeit einer Kollegin, die in Kürze ein Kind erwartete. Luu mußte einige Gemeinden aufsuchen, weitab der Kreisstadt…

Der Herbst war vergangen, der Winter zog ein. Der Nordwind blies über das Land. Die Menschen entstaubten ihre Steppdecken, die sie im Frühling gelüftet und dann zusammen mit gewaschener Baumrinde sorgfältig in Kisten und Truhen verpackt hatten, bis sie sie im Winter wieder brauchten.

Die Tage vergingen im gleichmäßigen Rhythmus. Aus dem Büro des Frauenverbandes hatten inzwischen drei junge Mädchen geheiratet. Alle drei buhlten regelmäßig um die „alte" Luu, wenn es darum ging, Aufgaben außerhalb der Kreisstadt zu erledigen. Sie hatten immer einen Grund, sich davor zu drücken. Mal waren es die Ehemänner, die auf Urlaub kamen, mal waren die kleinen Kinder krank… Im allgemeinen übernahm Luu sogar gern diese Aufgaben. Jedoch hinterließen sie vor allem im Winter auch ihre Spuren in Luus Leben. Niemand bedauerte sie, wenn sie bei eiskalten Winden unterwegs war. Wie oft hatte sie in der Mittagspause in ihrem kleinen Haus gelegen und darüber nachgedacht! Wie sehr hatte es sie gequält, daß niemand für sie da war! Wieviele schlaflose Nächte hatte es sie gekostet! Sie sehnte sich so sehr nach einem Mann, nicht mehr nach Moc, sondern nach irgendeinem, der sie liebte und möglichst in der Nähe arbeitete. Moc war inzwischen verheiratet. Seine Frau arbeitete als Buchhalterin in einer Gaststätte. An dem Tag, als Luu sich wie eine Irre aufgeführt hatte, um ihn wieder für sich zu gewinnen, hatte er längst um die Hand des jungen Mädchens angehalten.

Moc war ein sehr korrekter junger Mann, der klare Verhältnisse liebte und in jeder Beziehung berechenbar war. Vor der jungen Buchhalterin lag eine glückliche Ehe. Das Eheglück, das auch Luu hätte haben können. Luu hatte den Karpfen schon in der Hand gehabt, doch dann hatte sie ihn einfach davonschwimmen lassen…

Bei Luu zeigten sich bereits die ersten grauen Haare, und es wurden von Tag zu Tag mehr. Diesem Winter folgte der nächste. Die Hoffnungslosigkeit und der Kummer in ihrem Herzen verblaßten allmählich. Sie wurde dicker und stürzte sich immer mehr in die Arbeit. Auf Versammlungen war sie diejenige, die gern große Reden hielt. Leider waren ihre Auftritte nicht sehr ausdrucksvoll. Sie bestanden vielmehr darin, all das, was Hong Tham vor ihr gesagt hatte, etwas unbeholfen und mit einfachen Worten zu wiederholen. Oft verstand sie selbst nicht, wovon sie sprach, aber das hielt sie dennoch nicht davon ab, es immer wieder von neuem nachzuplappern. Wenn sie so monoton wie eine Maschine daherredete, kam es nicht selten vor, daß sich die jungen Funktionäre über sie lustig machten:

„Mit der alten Luu geht es immer mehr bergab. Jedesmal faselt sie dasselbe, ganz genauso wie Frau Tuong Lam in dem Film ‚Ich wünsche dir Glück…‘“

Auch Hong Tham bemerkte die unwiderruflichen Zeichen der Zerstreutheit ihrer Freundin Luu und bemühte sich sehr, ihr zu helfen. Sie überließ Luu sogar zwei ihrer eigenen Urlaubsplätze an den wunderschönen Stränden von Do Son und Sa Pa. Doch auch das half nicht, aus Luu eine ganz normale und glückliche Frau zu machen.

9

Vu Sinh und Hanh Hoa mußten ihre Liebe weiterhin geheimhalten. Sie überstanden einen Winter und auch den nächsten. In gleichem Maße wie die Zeit verging, wurden ihre Gesichter faltig, ihre Augen trübe.

Beinahe jedesmal, wenn sie sich trafen, durchfuhr Hanh Hoa die lockigen Haare des Geliebten und entdeckte zunächst elfenbeinfarbene und dann schon die ersten grauen Haare auf seinem Kopf. Vu Sinh nahm oft ihre Hand und betastete ganz sanft die blauen Adern, die immer stärker hervortraten. Mit jedem Jahr wurden ihre Finger knochiger, verlor die Haut auf den Händen an Elastizität und Frische. Ihre Hände verblaßten nach und nach, ließen das strahlende Leuchten und die erfrischende Kühle des Frühlings abhanden kommen.

„Mir fällt es zwar nicht besonders leicht, doch als Mann darf ich nicht davor zurückschrecken, Opfer zu bringen. Aber was ist mit Hanh Hoa? Warum zwinge ich sie eigentlich, diese erbärmliche Lage zu ertragen? Vor allem hat sie immer noch gute Chancen und hat es mehr als verdient, einen anderen Mann zu finden. Jemanden, der liebevoll ist, gutherzig, und der ihr Behaglichkeit bietet. Behaglichkeit in einem eigenen Haus mit einem weichen Bett, einer warmen Decke und strahlendweißen Kopfkissen. An den Abenden würden beide Musik hören, sich einen Film ansehen oder im Park spazierengehen. Jeden Tag würde er sich liebevoll um sie kümmern. Seine Zärtlichkeiten würden sie wieder aufblühen lassen wie eine Blume nach einem frischen Regenguß… Wenn sie mich weiterhin liebt, muß sie auf all diese Dinge verzichten, und ihr Leben besteht nur aus Warten, ständigen Sorgen und einem ziellosen Hin und Her… Sie wird verblühen, wie eine Blume in der Vase, die keine Wurzel hat, um die lebenswichtigen Nährstoffe aus dem Boden aufzusaugen. Sie wird verwelken… Und eines Tages wird auch unsere Liebe verwelkt sein, und dann ist es für alles zu spät. Dann wird keine Zeit mehr sein. Keine…"

Schon tausendmal waren Hauptmann Vu Sinh diese Dinge durch den Kopf gegangen. Tausendmal hatte er versucht, von Hanh Hoa loszukommen, um ihr ein glückliches Leben zu ermöglichen. „Du mußt die Entschlossenheit und den Mut dazu aufbringen, sonst bist du kein Mann…" So und ähnlich sprach er zu sich selbst, ging der Hauptmann streng mit sich ins Gericht, versuchte er, das Gefühl durch den Verstand zu verdrängen.

Doch wenn sie sich dann trafen und ihre zierlichen Hände auf seiner Brust lagen, wenn er ihre frischen Lippen und die weichen Augenlider küßte, wenn er ihre wunderschönen schwarzen Augen sah…, dann hatte er nicht den Mut, es ihr zu sagen. Sie beide waren so fest miteinander verbunden wie die Lianen im dichten Dschungel mit den Bäumen. Einer war für den anderen unentbehrlich geworden, so wie die Luft, die der Mensch zum Atmen braucht…

Das lag auch daran, daß sie Momente miteinander verbracht hatten, die ihnen einfach unvergeßlich im Gedächtnis haften blieben. Eines Tages…

Es war an einem Nachmittag im Herbst. Vu Sinh wartete schon seit vier Stunden auf die Geliebte, als ihr Bus endlich kam. Hastig und ohne ein Wort zu sprechen verließen beide die Haltestelle, um nicht zusammen gesehen zu werden. Die Gefahr war gerade hier recht groß. Aus dem überfüllten Fahrzeug, aus dem jetzt lärmend und in einem großen Durcheinander immer mehr Menschen stiegen, konnte ein Bekannter auftauchen. Genausogut hätte ein Soldat oder ein Bauer aus dem Dorf im Bus sein können. Vu Sinh kannte hier jeder. So eilten sie in den kleinen Laden eines Wasserhändlers an der Straße. Sie baten um Waschwasser und säuberten sich draußen am Brunnen die verschwitzten Hände und Gesichter und die verstaubten Arme und Beine. Als sie in den Laden zurückkamen, um sich zu bedanken, bot ihnen der Besitzer einen kleinen Imbiß an: Klebreiskuchen und gegrillte Bananen. Obwohl der Kuchen nicht mehr ganz frisch war und die Bananen auf der Unterseite schon ein wenig faulig, brachte es das Liebespaar nicht fertig, das Essen abzulehnen. Vielmehr unterhielten sie sich mit dem einsamen Alten, nahmen hin und wieder einen Bissen und bezahlten erst, als es draußen schon stockfinster war. Der Mond war noch nicht aufgegangen. Das Sternenlicht drang mühsam durch den wolkenverhangenen Himmel. Einzig ein paar Glühwürmchen blinkten am Wegrand.

„Hast du Durst, kleine Schwester?“ fragte Vu Sinh die Geliebte.

„Ja, ich habe wahnsinnigen Durst von den ganzen Süßigkeiten. Ich hab mich einfach nicht getraut, den Alten um etwas Tee zu bitten“, antwortete die junge Frau.

„Du hast recht. Seine Teetassen sahen furchtbar dreckig aus. Und auch das kalte Wasser im Brunnen war so trübe, daß einem die Lust am Trinken vergangen ist.“

Dann lachte er und sagte:

„Das kenne ich alles, deshalb habe ich immer frisches Wasser bei mir.“

Er nahm seine Wasserflasche vom Koppel und reichte sie Hanh Hoa. Sie öffnete den Deckel, legte den Kopf in den Nacken und nahm genußvoll einen großen Schluck. Vu Sinh sah sie dabei an. Im trüben Sternenlicht leuchtete ihr schön geformter Hals wie ein Stück Elfenbein. Dieser Hals war sein Eigentum, das wußte er ganz genau. So wie jede Hautfalte, jedes Stück Fleisch von ihr ihm gehörte. Sein Herz schlug heftiger vor Erregung. Er flüsterte: „Wie schön du bist!"

Hanh Hoa schmunzelte und entgegnete: „Wie oft du diesen Satz schon gesagt hast. Dabei werden wir doch immer älter! Ich bin schon zweiunddreißg und du fünfunddreißig. Wie kann ich denn in diesem Alter noch schön sein?"

„Weil du für mich auch in fünfundzwanzig Jahren immer noch die schönste Frau sein wirst", antwortete er eigensinnig.

Hanh Hoa nahm seine Hand und drückte sie ganz fest. Sie sah ihn an und liebkoste mit ihren Augen seine dickköpfige Stirn.

Sie spazierten einen Weg entlang, der mitten durch die Reisfelder führte. Sie waren glücklich, fühlten sich wie im Traum. Ganz allmählich kam der Mond hinter einem Hügel hervor. Sein Licht ließ ihre Schatten aus der Dunkelheit hervortreten. Von den Bergen wehte ein schwacher Wind herüber. Er brachte den Duft von schlafenden Blättern, Nadeln und Harz mit und vermischte ihn über den Feldern mit Gerüchen unbekannter Blumen und Gräser. Der Wind überflutete die Ebene, spielte mit den Spitzen der reifen Reispflanzen, knetete unentwegt die Grasbüschel und bewegte die kleinen, wilden, ein wenig geöffneten lila Chrysanthemen...

In diesen Minuten hatten der Mann und die Frau all ihren Kummer, die peinlichen Situationen und die Schmerzen, die sie in der Vergangenheit gemeinsam ertragen hatten, vergessen. Sehnsüchte wurden wach, Erinnerungen an die wenigen Nächte, in denen sie eng umschlungen beieinander gelegen hatten, durch niemanden zu trennen...

Etwa fünf Minuten später hörten sie plötzlich Schritte hinter sich. Sie drehten sich um und sahen sechs oder sieben junge Burschen direkt auf sich zukommen, von denen jemand brüllte:

„Stehenbleiben! Hände hoch oder ich schieße!"

Die Stimme hatte Hanh Hoa solch einen Schrecken versetzt, daß sie weder Arme noch Beine bewegen konnte. Vu Sinh stellte in aller Ruhe seine Tasche aufrecht zwischen die Beine. Er hatte sie geöffnet, um jederzeit an seine Pistole, eine K 59, heranzukommen. Er hatte die Situation sofort erfaßt. Die Volksmiliz des Dorfes hielt sie beide für Verbrecher und wollte sie festnehmen.

Als Hanh Hoa die Pistole sah, wurde ihr klar, was Vu Sinh vorhatte. Sie drückte seinen Arm und flüsterte:

„Bitte, tu es nicht, ich flehe dich an…"

Inzwischen waren sie von den Milizionären völlig umstellt. Frech und rücksichtslos leuchteten die jungen Männer mit ihren Taschenlampen direkt in die Gesichter der beiden. Bevor Vu Sinh zu Worte kam, brüllte ein Achtzehnjähriger los:

„Was macht ihr beide denn hier? Wollt ihr die Arbeit der Genossenschaft sabotieren oder seid ihr Sittenstrolche? Zeigt mir eure Papiere!"

Hanh Hoa antwortete mit zitternder Stimme:

„Wir sind hier nur so spazierengegangen. Wir haben keine Papiere bei uns."

Der junge Milizionär wurde noch lauter:

„Keine Papiere, ich hör wohl nicht richtig? Dann folgt mir zum Dorfkomitee, aber keine Dummheiten!"

Bis dahin verlief alles halbwegs zivilisiert. Doch dann sagte ein anderer:

„Na ja… keine Papiere. Dann kann das ja nur eine Hure sein. Aber das werden wir schon rauskriegen…"

Diese Worte trafen Vu Sinh wie ein giftiger Pfeil. Er zog seine K 59.

Im gleichen Moment schrie ein anderer von hinten:

„Was ist das? Wartet…"

Ganz aufgeregt und mit schweren Schritten kam der Mann nach vorn. Es war der Leiter der Volksmiliz des Dorfes. Er blieb vor Vu Sinh stehen und erkannte ihn sofort. Das Klicken der K 59 in seiner Hand hatte ihn aufmerksam gemacht, denn es konnte nur von einer Pistole mit einem sehr kleinen Lauf stammen. Er selbst hatte mit dieser Pistole bei Vu Sinh schießen gelernt. Die nahegelegene Offiziersschule bot den Angehörigen der Volksmilizen des Kreises regelmäßig Übungsstunden im Schießen an.

Der Leiter der Volksmiliz rief mit lauter Stimme:

„Geht nach Hause Jungs, alle…"

Dann wandte er sich an Vu Sinh:

„Zu Befehl, Herr Hauptmann, bitte haben Sie Verständnis… Vor zwei Tagen hat man der Genossenschaft zwei Büffel gestohlen, deshalb waren die Jungs so erregt…"

Die Milizionäre machten enttäuscht kehrt und gingen ins Dorf zurück.

Hanh Hoa und Vu Sinh waren wieder allein. Sie hatten sich nebeneinander ins Gras gesetzt und schwiegen. Nach einer Weile nahm Vu Sinh die Hand der Geliebten und sagte:

„Ich bitte dich um Verzeihung, kleine Schwester…Bitte verzeih mir… Nur durch mich bist du in diese scheußliche Situation geraten."

Hanh Hoa nahm seinen Kopf und legte ihn auf ihre Brust. Heiße Tränen flossen aus ihren Augen, liefen über ihr Gesicht und tropften auf seine Wangen. Träne für Träne…

10

Eine Woche nach diesem Zwischenfall schrieb Vu Sinh einen Brief an Hanh Hoa. Er empfahl ihr, sich einen anderen Mann zu suchen und wieder zu heiraten. Er wollte ihr nicht länger Kummer bereiten. Sie hatte das Leben noch vor sich, und er wollte ihr dabei nicht im Wege stehen und sie unglücklich machen, wie es in ihrem bisherigen Zusammensein der Fall gewesen war. Nachdem er diesen Brief geschrieben hatte, bat er noch am gleichen Tag um seine Versetzung, möglichst weit weg, möglichst auf eine Insel.

Es war die Zeit, als militärische Einheiten der Volksarmee das Truong Son Gebirge überschritten, sich mit anderen Einheiten vereint hatten und in Richtung Süden marschierten. Seinem Wunsch nach Versetzung wurde sofort stattgegeben, doch nicht auf eine Insel, sondern an die südliche Front. Es war der härteste Abschnitt des Krieges zu dieser Zeit… Vor seiner Abkommandierung wurde er zum Major befördert, sieben Jahre später als ihm zustand. Das letzte Mal, daß Major Vu Sinh durch Hanoi kam, bevor er an die Front mußte, war am 6. September 1965. Drei Tage später wurde im Büro des Direktors der Offiziersschule ein Briefumschlag für Vu Sinh abgegeben. Obgleich der Brief keinen Absender trug, wußte der Direktor sofort, daß er nur von Hanh Hoa sein konnte. Er nahm den Brief an sich, legte ihn sorgfältig zu seinen persönlichen Unterlagen und seufzte:

„Nun gut, ich werde ihn aufheben, bis zum nächsten Mal, wenn er lebend zurückkommt…"

In diesem Moment war das Schnalzen eines Geckos zu hören.

Und dann seufzte der Direktor der Offiziersschule, der gleichzeitig Parteisekretär war, zum zweiten Mal. Warum, wußte er nicht. Er schlug die Zeitung auf, versuchte zu lesen, gab es dann auf. Er schob die Zeitung in den Schreibtischkasten und ging hinaus…

11

Zehn Jahre danach …

Nach der Befreiung Saigons und der Wiedervereinigung des Landes kehrte Major Vu Sinh von seiner in Dac Lac stationierten Einheit in seine Heimat zurück. Zuerst suchte er seine beiden Kinder auf. Sein Sohn, der in der Sowjetunion Metallurgie studiert hatte, war inzwischen zurückgekehrt und arbeitete im Ministerium für Metallurgie. Seine Tochter war jetzt zweiundzwanzig Jahre alt. Sie studierte Wasserwirtschaft und hatte die Absicht, in Kürze zu heiraten. Unbeholfen und glückstrahlend stellte sie dem Vater ihren Bräutigam vor. Der Major sprach mit den jungen Leuten. Es waren wohlwollende und leidenschaftliche Worte, aber auch bittere und traurige, die seine qualvollen Erfahrungen wach werden ließen.

„Es liegt mir fern, euch Vorschriften zu machen. Nur eines möchte ich wissen: Liebt ihr euch auch wirklich?"

Seine Tochter wurde rot. Nervös bewegte sie den Kopf, so daß ihre beiden Zöpfe hin- und herschwangen.

„Mach keine Witze, Vati."

Vu Sinh lächelte und erwiderte:

„Ich mache keine Witze. Im Gegenteil, ich meine es sehr ernst. Wenn du mal graue Haare hast wie ich, dann wirst du die Worte deines Vaters nicht mehr witzig finden, mein Kind"...

Dann machte sich Vu Sinh auf den Weg zum Haus seiner Eltern. Vor der Tür traf er seine Frau. Sie war übermäßig dick geworden mit ihren zweiundvierzig Jahren. Ihre Haare waren vollkommen ergraut. Sie begrüßten sich wie zwei Bekannte, die sich vor der Tür einer Dienststelle treffen:

„Kommen Sie gerade von der Arbeit?"

„Ja. Und Sie? Sie sind sich sicher gekommen, um die Eltern zu besuchen."

„Das schon. Doch lassen Sie sich durch mich nicht stören. Gehen Sie nur rein. Ich werde nicht lange bleiben..."

Aber Luu hatte Verständnis. Sie nahm ihr Fahrrad, fuhr in ihr kleines Haus und blieb eine Woche lang dort. Eine Woche lang konnten die Eltern ungestört mit ihrem Sohn verbringen. Dann fuhr der Major nach Hanoi zurück und verbrachte ein paar Tage mit seinem Sohn. Beide vermieden es, über das Verhältnis zwischen Vu Sinh und Luu zu sprechen. Der Sohn war ein sehr verständnisvoller junger Mann, und er sah keine Veranlassung, den Vater mit dieser Geschichte zu konfrontieren...

Nachdem er seine Besuche gemacht hatte, fühlte sich Major Vu Sinh immer noch ein wenig unbefriedigt, als ob ihm etwas fehlen würde, was er selbst nicht erklären konnte. Über eine Woche lang überlegte er noch, doch dann konnte er sich nicht mehr dagegen wehren und beschloß endgültig, Hanh Hoa aufzusuchen. Auch wenn sie wieder verheiratet sein und ein oder zwei weitere Kinder haben sollte, und ihn wie jemanden empfangen würde, den sie irgendwann einnmal im Zug kennengelernt hatte...

Er ging zu ihrer alten Wohnung. Das zweietagige Haus von früher war instand gesetzt worden. Während es damals gelb getüncht war, trug es jetzt einen hellblauen Anstrich. Die ihm einst so vertrauten Fenster, deren Läden sich auf der einen Seite aus der Angel gelöst und auf der anderen Seite keinen Stift hatten, waren repariert und dunkelblau lackiert. Beide Flügel waren geöffnet und rechts und links festgemacht. Und im Treppenhaus war sogar das Geländer erneuert worden... Die erste, die Vu Sinh im Haus antraf, war die mollige Cuc:

„Du lieber Himmel! Ist das nicht Hauptmann Vu Sinh? Wie hat Hanh Hoa auf Sie gewartet! Sie dachte schon, Sie wären tot..."

Ohne auch nur ein Wort von Vu Sinh abzuwarten, stürmte Cuc mit schweren Schritten die Treppe hinauf und schrie über den Flur:

„Hoa, Hoa, bist du da? Hoa, Mutter von Hanh Hang, wo bist du denn? Du hast Besuch..."

Vu Sinh ging hinterher. Während sie unüberhörbar über den Korridor rief und völlig außer Atem war, drehte sie sich kurz um, nahm Vu Sinh ganz einfach bei der Hand und zog ihn mit sich:

„Sie wohnt nicht mehr in ihrem alten Zimmer. In dem neuen auf der anderen Seite hat sie vier Quadratmeter mehr..."

Hanh Hoa wohnte jetzt ganz am Ende des Korridors. Es war genau das Zimmer, das auf jeder Seite zwei Quadratmeter breiter war als die anderen. Die Tür war verschlossen, machte einen verschwiegenen Eindruck. Plötzlich wurde sie geöffnet und ein junges Mädchen trat aus dem Zimmer.

Vu Sinh erschrak. Er glaubte, die junge Ansagerin vor sich zu haben, in die er sich beim ersten Anblick verliebt hatte. Es war genauso wie damals, als sie auf die Bühne trat und in ihrem orangefarbenem langen Kleid und gleichfarbener Hose die Auftritte ankündigte...

„Mutti, du hast Besuch..."

Nein, das war die kleine Hang Hoa, die Tochter. Ihre Stimme

klang glockenhell. So groß war das Mädchen inzwischen geworden! Vu Sinh fühlte sich unsicher. Langsam näherte er sich der offenen Tür. Sie führte in das Zimmer am Ende des Korridors.

Die Tochter war bereits wieder im Zimmer verschwunden. Jetzt trat ihre Mutter vor die Tür. Major Vu Sinh blinzelte. Endlich! Hanh Hoa, die Frau, die er liebte. Das war so und würde sich nie ändern. Immer noch fielen ihr die pechschwarzen Haare auf den Rücken, war ihr Gesicht ein wenig rundlich. Obwohl sie etwas schlanker geworden war, hatte sie sich nicht sehr verändert. Die großen schwarzen Augen, die wunderbar geschwungenen vollen Lippen, die in seinen Erinnerungen oft wie ein Blitz aus heiterem Himmel aufgetaucht waren, wenn er in den zehn langen Jahren an der Front voller Sehnsucht an sie gedacht hatte.

Sie schrie nicht, sie rief nicht, sie war auch nicht verwirrt, als er näherkam. Sie sah ihn nur unverwandt an, so wie sie es früher oft getan hatte. Vu Sinh wurde plötzlich kalt. Zweifel jagten durch seinen Kopf. „War es möglich, daß sie nicht verheiratet war? War es möglich…"

„Du…"

Sie sagte nur ein Wort und ihre Stimme klang wie das Piepsen eines verletzten Vogels. Dann liefen zwei Tränenbäche über ihr Gesicht. Vu Sinh stand da und schwieg. Seine Beine zitterten. Sie flatterten stärker als er es je bei seinen Fieberanfällen im Dschungel erlebt hatte. Um nicht jeden Moment umzufallen, preßte er die Füße auf den Boden.

„Ist es so, daß… du … daß du …"

Vu Sinh stotterte. Er war nicht fähig, den Satz zu beenden.

Die junge Hang Hoa kam aus dem Zimmer, sah sich den Gast näher an und sagte dann vorwurfsvoll:

„Das bist du doch, Onkel Vu Sinh, nicht wahr? Warum hast du mir denn das nicht gleich gesagt?"

Sie streckte ihren Arm aus und zog ihn ins Zimmer. Dabei schimpfte sie mit ihm wie eine Mutter mit ihrem Kind:

„Komm jetzt endlich rein, Onkel. Warum stehst du denn immer noch auf dem Flur herum?"

Dann schob sie ihn auf einen Stuhl, machte kehrt und führte auch die Mutter energisch, aber liebevoll an den Tisch.

„Setz du dich hierhin, Mutti. Und nimm das Taschentuch hier... Du lieber Himmel, man kriegt ja richtig Angst, wenn man euch beide sieht!"

Das junge Mädchen goß den beiden Tee ein und forderte sie zum Trinken auf, so als wären sie ihre Gäste. Dann wandte sie sich an Cuc, die sie mit großgezogen hatte und die sie wie eine Mutter liebte:

„Weißt du was, Mama Cuc? Wir beide gehen jetzt in die Küche und machen Reisbonbons. Gestern wurde in unserer Schule Zucker ausgegeben und ich habe ganze drei Kilo bekommen!"

Auch der gutherzigen Cuc waren beim Anblick der beiden Liebenden die Tränen gekommen. Als sie den Vorschlag von Hang Hoa hörte, wischte sie sich schnell ihr Gesicht ab und folgte ihr sofort.

So blieben nur noch zwei Personen im Zimmer zurück. Sie taten beide nichts anderes, als in aller Ruhe ihren Tränen freien Lauf zu lassen. Erst als der Strom der heißen und salzigen Tränen seiner Geliebten allmählich versiegte, fragte Vu Sinh leise:

„Kleine Schwester, warum hast du nicht wieder..."

Hanh Hoa schüttelte den Kopf. Sie konnte ihm nicht antworten.

Er hatte sie immer ehrlichen Herzens geliebt, und sie fühlte sich immer geborgen bei ihm. Wie konnte sie da einen anderen Mann lieben? Ihre Liebe war zu stark und hatte zu viele Schmerzen gekostet. Aus diesem Grund hatte sie niemals die Kraft aufbringen können, sich nach einer neuen Liebe umzusehen.

Major Vu Sinh schämte sich ein wenig für sein Verhalten nach der Befreiung Saigons. Er hatte sich nicht gemeldet, nicht eine einzige

Zeile an sie geschrieben. Und ein Geschenk hatte er ihr auch nicht mitgebracht, nicht einmal ein Stück Seife. Dabei gehörte er mit zu den ersten, die in Saigon einmarschiert und durch die Straßen gezogen waren, vorbei an den mit Waren gefüllten Geschäften…

Doch er konnte seine Fehler wiedergutmachen. Als erstes bat er um Versetzung in den Norden des Landes. Seine vorgesetzte Dienststelle war mit seiner Rückkehr zur Offiziersschule in der Nähe von Hanoi einverstanden. So war er in Hanh Hoas Nähe und hatte Zeit, sie zu verwöhnen. Glücklicherweise war die Tochter Hang Hoa ein sehr verständnisvolles junges Mädchen, frei von jedem Egoismus. Sie tolerierte nicht nur die Liebe zwischen ihrer Mutter und Vu Sinh, sondern scherzte sogar darüber:

„Ihr zwei alten Leutchen! Ihr seid wirklich ein genügsames und schüchternes Pärchen!“

Vu Sinh konnte zufrieden sein. Er kam zur Ruhe und erlebte glückliche Tage und Monate. Und trotzdem, das Gefühl, daß ihr Zusammensein immer noch ein Leben außerhalb des Gesetzes war, blieb. Nach wie vor waren sie auf die Hilfe und Toleranz anderer Leute angewiesen: Von den Nachbarn bis zu ihren Kindern, vom Dienststellenleiter Hanh Hoas bis zum Wachsoldaten in der Kaserne. Und mit diesem Gefühl mußten die beiden auch weiterhin leben. So wagten sie es auch nicht, ein Kind zu haben, obwohl sie dazu Gelegenheit hatten und sich auch noch nicht zu alt dafür fühlten. Beide wünschten sie es sich so sehr, doch keiner traute sich, dem anderen seinen Wunsch zu offenbaren. Und das ständige Verschweigen dieses Themas schmerzte. Auch das wußten sie beide. Es war ein Wunschtraum, der nicht realisierbar war und den sie ständig unterdrücken mußten. Er vergrub sich in ihren Herzen, quälte sie, ließ sie nicht los… Dieses traurige Gefühl nimmt mit den Jahren einer Frau immer mehr zu und zeigte sich bei Hanh Hoa bald an den ersten grauen Haaren...

Dieses Leben zog sich sechs Jahre hin. Dann ergriff der Sohn Vu Sinhs, der über alles Bescheid wußte, die Initiative. Er fuhr zu seiner Mutter, zwang sie, die Scheidung ein zweites Mal einzureichen, um dem Vater die Freiheit wiederzugeben. Luu willigte ein. Sie war inzwischen fünfzig Jahre alt. Alle Gefühle zu Vu Sinh waren erloschen. Die Liebe in ihrem Herzen war tot, selbst Haß und Eifersucht empfand sie nicht mehr. Sie war eine alte Frau geworden mit dickem Körper und wirrem Verstand.

Auch Hanh Hoa war fünfzig, ein sehr hohes Alter für ihre Heirat. Ihr Ehemann war jetzt der dreiundfünfzigjährige Oberst Vu Sinh. Körperlich war er gesund, lediglich sein Haar war vollkommen ergraut. Sie hatten Anfang 1983 geheiratet. Erst vom Tag der Hochzeit an konnten sie offiziell ein gemeinsames Leben führen. Erst jetzt hatten sie das Recht, sich gemeinsam in der Öffentlichkeit zu zeigen. Nachdem sie zwei Wochen jeden Tag zusammen waren, bemerkte der Oberst, daß seine Frau ein chronisches Leiden mit sich herumtrug. Sie litt an plötzlichen Anfällen, bei denen sie sich vor Schmerzen hin- und herwälzte und das Gefühl hatte, ihr Kopf würde zerspringen. Die Anfälle waren zum Teil so schwer, daß sie die Besinnung verlor. Hanh Hoa erzählte ihrem Mann, daß diese Krankheit zum ersten Mal im Jahre 1972 aufgetreten war, gleich nachdem sie die Nachricht erhalten hatte, daß er an der Front von Quang Tri gefallen sei. Der Oberst brachte seine Frau ins Militärkrankenhaus 108. Der leitende Arzt, ein guter Bekannter seit der Zeit des Widerstandskampfes gegen die Franzosen, sprach nach der Untersuchung mit Vu Sinh:

„Bitte sag deiner Frau nicht die ganze Wahrheit. Nutze von jetzt an jeden Tag, den ihr noch gemeinsam erleben könnt, denn sie wird bald sterben..."

Vu Sinh führte seine Frau aus dem Behandlungszimmer. Mit fröhlichem Gesicht redete er auf sie ein:

„Die Ärzte sagen, wenn du regelmäßig die Medikamente der traditionellen Medizin einnimmst, wirst du bald gesund werden. Du wirst es sehen, nach jeder Einnahme wirst du dich besser fühlen…"

Nach Hause zurückgekehrt, mußte Hanh Hoa mit ansehen, wie ihr Mann das Geld mit vollen Händen ausgab. Er ließ ihr gleich fünf neue Blusen nähen, jede in einer anderen Farbe, alle mit Blumen bedruckt. Dann führte er sie zum Essen aus, wieder und wieder. Er kaufte ihr laufend kleine Geschenke, Dinge, die sie sich irgendwann einmal gewünscht hatte. Hanh Hoa konnte nicht mehr an sich halten und schimpfte:

„Bist du denn verrückt geworden? Du verschleuderst unser ganzes Geld!"

Gleich nach der Hochzeit hatten sie sich vorgenommen, einen Teil ihres Geldes zu sparen, um sich ein kleines Häuschen mit Garten zu kaufen, wo sie als Rentner ihren Lebensabend verbringen wollten.

Oberst Vu Sinh lachte:

„Bis wir Rentner sind, dauert es noch ein paar Jahre. Mach dir darüber doch jetzt noch keine Gedanken, meine Liebe!"

Nacht für Nacht, immer wenn Hanh Hoa eingeschlafen war, setzte sich Vu Sinh im Bett auf, stützte sich auf seine Hand und blickte die geliebte Frau unverwandt an, besah sich ihre Augenbrauen, die zwei Pinselstrichen ähnelten, betrachtete die fein geformte Nase und die wunderschön gebogene Lippe darunter… Eben diese Bilder waren ihm wieder und wieder in seinen Träumen erschienen, in den Nächten, in denen er sich von einer Seite auf die andere gewälzt hatte, wenn in der Nähe der Kaserne der Wind mit Getöse über die mit Bäumen bewachsenen Berggipfel gepfiffen hatte oder wenn an der Front die Bomben heulend eingeschlagen waren. Damals war Hanh Hoa so weit von ihm entfernt. Jetzt lag sie neben ihm, vor seinen Armen. Es gab keine Hindernisse mehr für sie, keinen Schmerz. Kein Regenguß, keine staubige Bushaltestelle, kein schmuddeliger Straßenhändler quälten sie mehr. Niemand…

Vier Monate und zehn Tage nach ihrer Untersuchung im Krankenhaus starb Hanh Hoa. Der Arzt, der sie behandelt hatte, nannte als Todesursache Gehirnkrebs. Zur Beerdigung von Hanh Hoa kamen sehr viele Menschen. Wie alle Wege der Vorstadt war auch der Weg zum Friedhof schmutzig und staubig. Die Trauernden gingen langsam hinter dem Sarg her… Seite an Seite, still und in Gedanken versunken…

12

Gleich nach der Beisetzung seiner Frau bat Oberst Vu Sinh um Versetzung zurück nach Dac Lac. Dort wollte er die Leitung einer Truppe übernehmen, die Banditen und Straßenräuber aufspürt. In seiner Freizeit wollte er sich um die Aufforstung kümmern, Mais anbauen und Bienen züchten. Er kannte diesen Flecken Erde und war mit ihm verbunden, nicht zuletzt durch die zehn Jahre, die er dort verbracht hatte, um gegen die Amerikaner zu kämpfen. Seinem Wunsch nach Versetzung wurde stattgegeben. Oberst Vu Sinh traf alle Vorbereitungen für seinen Umzug. Dann kaufte er einen großen Strauß weißer Blumen: Lilien, Rosen und zwei dick mit Blüten besetzte Zweige Orchideen. Damit ging er zum Friedhof, um seine Frau zu besuchen. Auf ihrem Grab wuchsen ein paar dünne Grashälmchen. Der Grabhügel sah einsam und verlassen aus ohne Blumen. Vu Sinh stellte eine Vase mit seinem Strauß vor den Grabstein und steckte eine Handvoll Räucherstäbchen in die Erde. Dann stand er da, verharrte eine ganze Weile vor dem Grab und flüsterte mit der Frau, von der er jetzt für immer getrennt war. Diese Frau war fünfundzwanzig Jahre seine Geliebte und sechs Monate, sieben Tage seine Ehefrau.

„Wenn ich dich nur mitnehmen könnte, kleine Schwester", flüsterte er.

„Wenn ich dich nur mitnehmen könnte, mein Liebes, dann würde ich dich wie früher mit meinem Mantel umhüllen und mit dir nach Dac Lac gehen. Dort würden wir alle Bitternisse der Vergangenheit vergessen. Dort würden wir beim Aufforsten helfen, Mais anbauen und Bienen züchten. Und wir würden uns ein Ehebett für Liebespaare bauen lassen... Ich würde dich in diesen Mantel hüllen und dich morgen mit ins Flugzeug nehmen..."

Während er zu ihr redete, dachte er plötzlich an ihren ersten Besuch in der Kaserne, an die Nacht im Regen an der Bushaltestelle. Er erinnerte sich daran, wie sie unter dem Dach des Verkaufsstandes Schutz gesucht hatten und trotzdem völlig durchnäßt waren, wie er seinen Militärmantel geöffnet, sie damit umhüllt und an sein Herz gedrückt hatte. Er hatte es nicht vergessen, wie sich ihr eisiger, zarter Körper langsam an seiner warmen Brust erwärmt hatte, wie sie nach oben geschaut und seine Lippen gesucht hatte... Und dann hatten sie sich geküßt... Auch nach fünfundzwanzig Jahren hatte er diesen Kuß nicht vergessen...

Auch jetzt, wo er alt war, konnte er seinen Mantel noch öffnen, um sie wie früher zu beschützen, so wie man einen hilflosen Spatz beschützt...

Der Friedhofswächter war gekommen und erinnerte Vu Sinh daran, daß es Zeit war zu gehen. Das Tor mußte verschlossen werden. Oberst Vu Sinh nickte. Er starrte noch immer auf den großen weißen Blumenstrauß vor dem Grabstein. Es waren die Blumen eines Liebenden, Blumen der Liebe...

Er hörte der Friedhofswächter ein zweites Mal...

Er drehte sich um und ging